電車であった泣ける話

～あの日、あの車両で～

株式会社 マイナビ出版

CONTENTS

待ち続けた電車

溝口智子

今日も高梨(たかなし)さんはやってきた。私を目に留めると足を止め、軽く敬礼する。私も右手に持ったほうきを左手に持ち直し、敬礼を返す。毎日おなじみの光景に、駅を利用する人たちは無関心だ。

彼はいつも決まって黒いジャージの上下を着ている。おそらく、黒い服を着ると、駅弁売りだったころのことを思い出すのだろう。まだ現役で駅弁を売っていたときも、いつも決まって黒い服を着ていた。そのころに、一度、尋ねてみたことがある。

「なんでいつも黒い服なんですか」

高梨さんは得意げに答えた。

「駅員さんたちと同じ、私も電車を見送る人間だからね」

なるほど、と思ったものだ。私のように垢(あか)じみたシャツとよれよれのズボンをはいたやつに見送られるより、ぴしっとノリが効いた服を着た人に見送られた方が、それは嬉しいだろう。私はその日以来、服にアイロンをあてるようになった。

　時代が進み、駅弁売りは流行らなくなった。最後の一人だった高梨さんが六十歳で仕事を辞めてから、二十二年がたった。今や、電車の乗客は窓の外を見ることもない。車内の人はほとんどがスマートフォンを見つめていて、ホームに立ち続けるおじいさんを気にして見やる人もいない。

　駅弁売りを辞めた高梨さんがまたこのホームに日参するようになったのは二年前。八十歳を過ぎて認知症を患っているということで、最初のころは家族に連絡して連れ帰ってもらっていた。だが、最近の治療法では徘徊するコースが決まっていて危険がない場合、見守ることもあるそうで、駅までは家族が付き添い、駅構内では自由に動ける清掃員の私が付き添うことになった。

　ホームにやってきた高梨さんは、駅弁をぎっしりと詰めた重たい箱を持つような素振りをする。十一時四十二分の急行電車が停車すると、前から四両目の真ん中の窓を覗きこむ。その席には誰も座っていない。座ると、いつも決まって覗きこまれるその席を、乗客たちは敬遠するのだ。

　ある日、ダイヤの改編が行われると聞きつけた高梨さんの家族が相談に来た。今までと同じ時間に駅に来て、いつもの電車が来なかったら、パニックを起こして危険かもしれない、ホームには入れずに追い返して欲しいという。言われた通りに改札で呼び止めて誘導すれば大人しく駅務室に入り、家族が迎えに来れば大人しくついて帰る。懸念されていたような大暴れだとか、別の場所に徘徊先を変えるといったこともない。私たちは、一応の安心を得ることができた。それがはたして高梨さんにとって良いことなのかはわからないが。

　半年もたっていないのにまた、ダイヤが変わる。三本入っていた路線のうち、一本が廃線になるのだ。乗客数が極端に少ない路線ではあるが、それでも利用者はいる。時代の波とはいえ物寂しい。だが、ひとつだけ良いことがある。廃止になる線路を利用して、観光電車が走るのだ。その観光電車がこの駅に停車するのが午前十一時四十二分。高梨さんがいつも電車の中を覗きこむ時間だ。

私は駅員たちには話さずに、独断で彼をホームに招き入れることに決めた。

観光電車の開業初日、ホームには鉄道好きの人たちがカメラを持って集まり大盛況だった。そんな中、高梨さんは苦もなく人波を掻き分けホームの先頭に立った。名物駅弁売りのことを知っていた鉄道ファンは多いようで、列を抜いていくのを咎める人はいなかった。私は後についていき、隣に立った。

いよいよ、線路の先に観光電車が現れた。黄色の車体に濃い茶色で稲穂の絵が描かれている。それがだんだんと大きくなり、ホームのあちらこちらでシャッター音が激しく鳴りだした。高梨さんは両手で駅弁を入れた妄想の箱を抱えて、じっと電車を見守っている。電車は徐々に速度を落とし、ガタンガタンと、のんきな音をたてながらホームに滑りこんできた。流れていく電車の窓を、真っ直ぐな視線で見送る。

電車が完全に止まり、ぷしゅうっと気の抜けた音と共に扉が開いた。高梨さんはいつもの窓を覗いた。その席には三十代中ごろと思われる男性が座っていた。男性は窓を覗きこんでいる高梨さんに気付くと、目を丸くして勢いよく腰を上げた。あわててガタガタと窓を揺さぶる。焦りからか、なかなか開かない窓をなんとか押し上げて、男性は顔を突き出した。

「おじさん！」

あっと思った。その顔に見覚えがある。首を振り向けると、高梨さんはしっかりと男性を見つめている。

そうか。この駅でこの時間、あの日の少年をずっと待っていたのか。私はすっかり大人になった男性が、中学生だったころのことを思い出した。

高梨さんの退職日は四月の初旬だった。満六十歳になる誕生日を退職日と決めた高梨さんは、その日が近づくにつれて、ますます精力的に働いた。その噂が広がったようで、電車が入ってくると、「べんとーう」と呼ばわらなくても、次々に窓が開き、飛ぶように売れた。電車に乗っていたみんなが彼がいなくなるのを惜しんでいたのだ。

駅弁入れの箱が空になると、いつもはしなかった追加を仕入れていた。日に六度の追加をしても飛ぶように売れた。始発から七台目の電車で弁当は売り切れになる。もっと追加したいと言っていたのだが、仕出し屋が急な増産に対応できず、高梨さんの仕事は午前十一時四十四分に急行が発車すると終わってしまっていた。

最後の日が来た。その日はよく晴れて、近くの公園から桜の花びらが舞い込んでいた。まるで高梨さんの退職を桜が寿（ことほ）いでいるかのようだった。

改札まで配達に来た仕出し屋から追加の駅弁を受けとり、高梨さんはホームに戻った。私は最後の晴れ姿を見ようと、仕事の手を休めてついていった。

同じような考えの人が多くいたようで、ホームには普段のその時間にはいないくらいの大勢の人が並んでいた。高梨さんが現れると、拍手が起きた。長年、ここで駅弁を売りつづけたことを知るファンだろう。皆して笑顔でその雄姿を見守った。

　高梨さんの最後の電車が来た。電車の先頭の停車位置に合わせてホームの端の方に立っている。ぴたりと両足をつけ、背筋を伸ばして電車を迎える。すぐに窓が次々に開いて、様々な顔が突き出された。

　もうすぐ昼になろうという時間だ。通勤、通学の人もいないはずの時刻。いつもは乗客も少なく、がらんとしているのだが、この日ばかりは違った。高梨さんの最後の駅弁を買おうと集まったのか、普段は見ない顔が多かった。

　電車の先頭から駅弁の販売が始まった。客が突き出した手に素早く弁当を渡し、代金を受け取り箱に入れる。お釣りも瞬時に手渡される。一人にかかる時間は、ものの十秒もなかっただろう。今までじっくりと高梨さんの仕事を見たことがなかった私は、驚きとともに駅弁の行方を見つめ続けた。

　最後のひとつが売れたのは十一時台の電車が止まってから二分もたっていなかった。先頭から四両目の二番目の窓から顔を出した初老のサラリーマンが、そのひとつを手にした。

「いやあ、この駅弁がもう食べられなくなるなんて寂しいなあ。私は長年、この駅弁が昼の弁当だったんですよ」

そう言ったサラリーマンに、高梨さんは笑顔で頷いた。サラリーマンが顔を引っ込めると、次の窓からは街の中学校の制服を着た小さな男の子が顔を出した。彼は期待に目を輝かせていた。だが高梨さんは申し訳なさそうに言った。

「ごめんよ。もう売り切れてしまったんだよ」

男の子は悲し気な様子だったが、すぐに元気な笑顔に戻った。

「じゃあ、明日買います」

高梨さんは、一瞬、言葉を失くした。出発のベルが鳴った。

「すまないね、駅弁は今日で終わりなんだ」

その時の男の子の表情は忘れられない。まるで大切な人との今生（こんじょう）の別れの時のような悲しさを感じさせた。男の子はうつむきがちに顔を引っ込めて、窓を閉めた。唇を噛んで、じっと窓枠を見つめていた。

最後の電車はそうやって発車した。高梨さんが敬礼で電車を見送る。割れるような拍手の中、彼は目に涙を浮かべていた。この駅との離別の悲しみによるものか、もっと違うなにかなのか、その時の私にはわからなかった。

男の子は、毎日同じ電車に乗っていた。といっても、高梨さんと顔を合わせた十一時四十二分の電車ではない。朝八時七分の急行だ。ここから街まで急行で十二分。始業時間が九時だとすれば、楽々間に合う時間だ。男の子はいつしか少年と呼ぶにふさわしい背丈になり、青年に近づいていった。

ある春の日のことだ。その日は春とはいえ、寒の戻りで冷え込んでいた。小雪もチラつこうかという寒さの中、少年がいつもは降りないこの駅のホームに立っていた。時刻は十一時四十四分。十一時台の急行が発車したところだった。少年は去っていく電車をじっと見つめていた。

「電車に乗り遅れたのかい」

私が声をかけても少年は振り返らなかった。

「わざと降りたんです。次の電車に乗ります」

「今日は遅刻かい」

少年は、やっと振り返った。知らない男に話しかけられて、不思議そうにしている。だが、不快には思っていないらしい。私は話を続けることにした。

「毎日、朝早い電車に乗っているだろう。今日は平日だし、制服も着てる。学校に行くところなんだろ」

「今日は卒業式なんです。お昼過ぎからで」

「そうかい、それはおめでとう」

少年は、まるでめでたくなさそうな表情だった。

「どうかしたのかい」

尋ねてみると、少年は私が首にかけた身分証に目をやってから話し出した。

「ここで駅弁を売っていたおじさんがいましたよね」

「ああ、高梨さんだね」

少年は口先で小さく「高梨さん」と呟(つぶや)いた。

「僕の村ですごく有名な人なんです。その人からお弁当を買うと、仕事がうまくいくとか、幸運なことが起きるとか」

少年が住むのは、この路線の終点の駅がある村なのだろう。のんびりした土地柄なのか、縁起を担ぐ人が多いらしい。

「そんな噂があるなんて知らなかったよ。君はその噂、信じてたのかい」

少年は首を横に振った。

「でも、食べてみたかった。小学生の時からの夢だったんです」

「小学生から。それはまた、どうして」

私は持っていたほうきとちり取りを近くの柱に立てかけて少年と向き合った。

少年は、話に本腰を入れた私に付き合ってくれるようだったが、とても大儀そうに、のろのろと口を開いた。

「駅弁を食べたことがあるって話す人は、みんな本当に楽しそうで、きっと美味しいだけじゃない秘密があるんだろうと思ったんです。小学校は給食だけど、中学からはお弁当だったんです。しかも電車通学するから買えるなって」

私は頷いてみたが、うつむいている少年にはまったく見えなかっただろう。それでも雰囲気は伝わったのか、少年の口は少し軽くなった。

「おじさんが退職したあの日、僕は中学校の入学式に一人で行ったんです。母が妹のお産で病院に行って、朝ごはんも食べていなくて。ずっと夢だった駅弁を買って食べようと思ってたんです。その夢さえかなえば、妹に母を取られたと思う馬鹿みたいな子どもっぽい気持ちもなくなると思ったんです」

少年はますます深く顔を伏せた。

「でも、僕は最後の駅弁を買えませんでした。もちろん、駅弁に幸運や不運を呼ぶ力なんてないって思ってます。でも、もし、あの時駅弁を買えていたらって、今でも思ってしまうんです。もっと妹をかわいがれたかもしれないって」

私は、なにも言えなくて黙り込んだ。少年はのろのろと顔を上げて、私の目を見た。

「すみません、暗い話をして」

「いや、いいんだよ」

電車が来るというアナウンスが流れた。少年は私に軽くお辞儀してみせると、電車に乗るために歩き出した。


それから十九年がたった。少年は立派な大人になっていた。背も伸びて、肩幅も広くなった。黒のスーツに銀色のネクタイという晴れやかな装いだ。観光電車に乗るには、ややフォーマルすぎるかと思われた。

ふと隣を見ると、いつも無表情な高梨さんの表情が明るくなっていることに気づいた。観光電車の乗客たちがなにごとかと窓の外を見ている。男性はそんな視線に気づくこともなく、高梨さんのことを一心に見つめていた。なにか言おうとしているのか、唇がわなわなと震えている。

高梨さんは男性に、さっと両手を差し出した。その姿はまるで、往時のままに駅弁を差し出しているかのようだった。男性はそれをしっかりと受け取った。なにもないはずの二人の間に、弁当箱が確かにあるのが見えた。

男性は大事そうに、箱を抱えた手の形のまま席に着く。大切なものに向けるような視線で膝の上の空間を見つめていた。

ふっと、男性が目を上げて、にこりと笑う。

「今日、妹が結婚したんです」

よく見ると、この車両は祝い事の礼装を着た人でいっぱいだった。車両の真ん中の席には白無垢(しろむく)姿の花嫁と、紋付き袴の花婿がいた。幸せで満ちた車内を見回した高梨さんは優しい笑みを浮かべた。

「おめでとう」

高梨さんが話すのを、何年ぶりかで聞いた。男性はゆっくりと頭を下げた。

「ありがとうございます」

発車のアナウンスが流れる。窓から顔を突き出していた人たちが席に戻る。高梨さんは電車から一歩下がった。今時珍しい、警笛が鳴る。電車がごとんと動き出す。窓の向こうで男性がまた頭を下げた。

高梨さんは背筋を伸ばして敬礼で電車を見送る。がたんごとん、がたんごとんと電車は進む。電車が見えなくなるまで見守って、高梨さんは歩き出した。ホームに集まった人たちから拍手が送られる。まるで今日が本当の退職日であるかのような堂々とした姿で、高梨さんは去っていった。

それ以来、高梨さんが駅にやってくることは、もうなかった。

ばあちゃんのゲームソフト

浅海ユウ

「おう、裕貴(ゆうき)」

午前七時四十分。いつもの時間、ホームに立っている俺の周りに同じ学ランを着た男子がふたり、ダルそうに寄って来る。同じクラスの颯太(そうた)と遼平(りょうへい)。夕べ夜遅くまでＬＩＮＥで喋りながらオンラインゲームで共闘していた仲間に俺も「おう」と同じようにダルい感じで右手をあげる。

三人並んで大あくびしているうちに電車が入線してきた。ここは大阪梅田駅(おおさかうめだ)まで乗り換えなしで行ける阪急(はんきゅう)の始発駅。よっぽどのことがない限り、三人並んで座れる。俺たちはいつも、進行方向四両目、一番後ろのドアを入って右奥の席に陣取る。颯太が一番奥、次に遼平、俺はその横に座らされる。その理由は次の駅で乗り込んでくるおばあさんだ。撫でつけた白髪を黒いプラスチックのヘアバンドで留めた愛嬌のある丸顔のおばあさんは毎朝、

「ああ。ユウキちゃん、おはよう」

と、満面の笑顔で、親しげに俺の隣りに座る。が、実は親戚でもなければご

近所さんでもない。それでも俺は小声で「おはようございます」と小さく頭を下げる。本当は隣りに座って欲しくない。が、たとえ俺の隣りに誰か他の乗客が座っていたとしても、八十くらいの少し腰の曲がったおばあさんが、さも俺の知り合いのように声を掛けながら乗り込んでくれば、俺の隣りに座っている乗客は席を譲ってしまう。だから、いつも隣り合せで座る羽目になるのだ。

「私ね、今日も病院やの」

「ああ、うん。市民病院の物忘れ外来やろ？」

「そう。私、前にもユウキちゃんに通院してるて言うたかしらね？」

毎朝言ってるって、と思いながらも「うん」と少し控えめなトーンで返す。

「ほんなら、ウチの孫もユウキっていう名前やって、私言うた？」

聞いた、聞いた、孫の名前は優しいの『優』に希望の『希』で『優希』やて百回ぐらい聞いたわ、とは言えず「うん、たぶん」と曖昧に答えてしまう。

こんな調子でおばあさんは俺が高校に入学した年の春、電車通学になった初日からいきなり話しかけてきた。その日のうちに名前を聞かれ、うっかり教えてしまったものだから、傍目にはもう身内にしか見えないだろう。

年寄りは嫌いだと公言して憚らない遼平は、おばあさんの存在を空気のように無視して俺に話しかけてくる。

「裕貴、シュワッチ買えたん？」

シュワッチとは最新のゲーム機のことで、発売前から三か月ぐらいは入手が困難だろうと言われていた人気の機種だった。

「買えたんやけど……」

「えッ？　マジで？　ソフトは？　どれ買うたん？」

「いや、本体だけ。ソフトはまだ買ってないねん」

シュワッチはどこへ行っても売り切れだが、ソフトの方はたいていの量販店に並んでいる。みんなの垂涎の的である本体を入手しておきながらまだゲームを始めていない俺を、ふたりは地球外生物でも見るような目で見ていた。

「は？　本体をゲットできたんやったら、普通はソフトもセットで買うやろ」

なんで、なんで、と問い詰められて返事に困っていると、おばあさんが、

「ソフトってアイスクリームのこと？」

とトンチンカンなことを聞いた。

「いやソフトっていうのはゲームをするための、何て説明したらええんかな」

俺が困っていると、颯太が「もう相手にすんなって」と冷たく言う。颯太はそのおばあさんを完全に認知症だと決めつけていた。

「う、うん……」

けれど、俺は突き放すことができず、俺たちの学校の最寄り駅よりひとつ手前の駅で降りるおばあさんに、「気い付けてな」などと声を掛けてしまい、また友人から宇宙人を見るような目をされるのだ。俺はどちらかと言えば無口で友達にも素っ気ない態度をとってしまいがちなだけに違和感があるらしい。

実は俺がそのおばあさんに冷たくできないのには理由がある。

俺が通っている高校は県内でも有数の進学校だ。猛勉強の末、やっと合格できたというのに、去年の冬、英語の成績が悪すぎて追試となり、進級が危うくなった。二年生に上がれないかもしれない、というプレッシャーから逃れたかったのだろう、その時の俺はシュワッチが欲しくて仕方なかった。

母にねだったが、「そんなもん買うたら今より勉強する時間がなくなるやんか」と言って許してくれない。母がダメと言ったら父に許可する権限はない。

頼みの綱は祖母だ。祖母は九十近い高齢者だったが、祖父が残した不動産を相続し、マンション経営を引き継いだ資産家だ。金も出すが口も出す。家族の中で最も発言権があり、俺に甘く、何でも買い与えてくれる。そんな祖母に「買っとくだけやって。追試に受かるまで絶対にやらへんから。今、予約せえへんかったら当分買われへんねん」と必死で頼んだ。ところが、「そんなもん置いといたら、箱を見るだけで気が散るやろ」と、けんもほろろに拒否された。

祖母だけは自分の味方だと思っていた俺は悪態をついた。

「なんやねん！　婆ちゃんなんか、もう家に居らんでええわ！」

けれど、祖母は悲しそうな表情を浮かべるどころか、いつになく厳しい顔をして「誰のせいでこないなことになってるんか、よう考えや」と言い放った。

俺はそのまま出かけようとする祖母の背中に怒鳴った。

「クソババア！」

悔し紛れにそう罵った翌日の朝、時間になっても祖母は起きて来なかった。

「お義母さんが……！」

救急車に同乗して病院に向かった母からの連絡で、俺は祖母が急逝したことを知った。入院手続きが終わって病室がわかったらすぐに父の車で病院に駆けつける準備をしていた俺は、頭の中が真っ白になった。

——嘘やろ……。

祖母の葬儀の後、母から渡されたのは欲しかったシュワッチだった。

「これ、お祖母ちゃんの部屋の押し入れに隠してあったわ。あんたが無事二年生に進級したらあげるつもりやったんちゃう？」

俺は再び自分の悪態を思い出し、激しく後悔した。

祖母の記憶の最後に刻まれたであろう俺の顔が、どんなに酷いものだったのかを想像すると自己嫌悪が募るばかりだった。

——こんなタイミングで本当に居なくなるなんて……。

それからずっとシュワッチの箱を開けられないでいる。そして、祖母とは似ても似つかない、丸顔のおばあさんのことも突き放せないでいるのだった。

数日後、颯太と遼平もシュワッチを入手した。

「なあ、裕貴。ええ加減、シュワッチ開封してサバゲーのソフト買えや」

いつまでもサバイバルゲームに参戦しない俺を颯太が焦れたように誘う。

「う、うん。そのうちな」

「なんやねん、そのうちって」

「サバのゲームなんてあるの？」

電車の中、またおばあさんがトンチンカンに割り込んできて、「サバのゲームじゃなくて」と説明しようとする俺に颯太が「相手にすんなって」と言ういつもの流れが繰り返される。板挟みの俺はおばあさんが俺たちの降りるひとつ前の駅で、「じゃあね」といつものように手を振って降りて行くとホッとする。が、その日、彼女が座っていた席に一枚のカードが残されていることに気づいた。

――あれ？　市民病院の診察券？

俺はその診察券を摑んで電車を飛び降り、おばあさんの後を追いかけた。

「は？　裕貴？　お前、どこ行くねん！　遅刻すんでー！」

「おーい！　学校は次の駅やでッ！」

閉まったドアを叩く音とふたりの声が聞こえた。それでも、俺は振り返らず改札に向かった。

――市民病院って何番出口だったっけ？

迷いながらも表示を探しながら出口へ向かう。

年寄りの足でも、もうだいぶ先まで行っているだろうと想像しながらタバコ屋の角を曲がると、そこにおばあさんがぼんやり立っていた。

「ばあちゃん？」

「あれ、ユウキちゃん？　私、なんでここにいるのかしらねえ」

「は？　市民病院に行くんやろ？　物忘れ外来に。ほら、落し物」

診察券を見て初めて、自分がここに来た目的を思い出したようだ。

「そうそう。そやった、そやった。ありがとね、ユウキちゃん」

そう言って再び歩き出した背中がひどく頼りなく見える。

「ばあちゃん。ついでやし、病院までついて行ったるわ」

心配になっておばあさんと並んで歩きながら、どうして祖母には甘えるばかりでこんな風に優しくできなかったんだろうと胸が苦しくなった。

「じゃあな、ばあちゃん。帰り、気い付けてな！」

おばあさんが受診する物忘れ外来の待合室まで送り、駅に引き返した時にはもうホームルームが始まる時間だった。しかし、幸運にもその朝は、信号機故障があったらしく遅延証明がもらえ、遅刻にならずにすんだ。

——うおおおぉぉ！　超ラッキー！

ところが……。翌日からぱったりおばあさんは電車に姿を見せなくなった。

「裕貴。シュワッチのサバゲー、最高やで」

「ほんまや。さっさとシュワッチやろうや。何、もったいつけてんねん」

俺はみんなが夢中になっているサバイバルゲームのソフトをまだ買ってない。

祖母の初七日が過ぎたら、と思っていたが、それもとうに過ぎてしまった。

いつもの電車に揺られながら悪友たちに責められて悶々とし、はあ、とふたりに気づかれないように溜め息を吐いた時、「ねえ、君がユウキくん？」と、茶髪の女の人に声を掛けられた。大学生だろうか、良く言えば化粧映えする顔立ち、悪く言えばちょっとヤンキーっぽい。肩の開いた白いニットにデニムのミニスカートが色っぽい。男子校に通う十七歳の俺に彼女は眩しすぎた。彼女の笑顔に颯太と遼平も見惚れている。

「これ、うちのばあちゃんから」

渡されたのは家電量販店の紙袋だった。

「は？　ばあちゃんって？」

「診察券を拾ってくれたお礼。宝塚から梅田行きに乗ってる進行方向四両目の一番後ろのドアの右奥から三人目の高校生に渡してって言われてんけど」

「あ、じゃあ、ばあちゃんの孫の優希さん？」

「そう。君と私、同じ名前なんだってね？」

袋を覗くと『フィッシングファイト』という世界中を巡って釣りをするゲームだった。おじさんたちに人気の……。

「サバが出てくるゲームソフトだっていうからコレかなって」

——ちげえよ、ばあちゃん。サバゲーはサバを釣るゲームやないねんて。

心の中でそう言い返しつつ、思わず笑ってしまった。きっと、俺がソフトを買う金がないと思ってたんだろうと想像して。

「本当は自分で来たかったみたいだけど、もうちょっと認知症がヤバくて。昨日、施設に入っちゃったんだ」

「え？　そうなんですか？」

「ばあちゃんに親切にしてくれてありがとね」

そう言って俺の前を立ち去りかける女の人を、咄嗟に呼び止めていた。

「あ。あの。ばあちゃんが入ってる施設って、家族じゃなくても会いに行けるんですか？　直接会ってお礼、言いたいんですけど」

「うん、家族と一緒ならね。ばあちゃん、きっと喜ぶと思うわ。通院の電車で出来た新しいボーイフレンドの話、いつもしてたし」

「ボ、ボーイフレンド……」

「行ける時、連絡してくれる？　私も一緒に行くから。ＬＩＮＥ、交換しよ」

連絡先を交換し、彼女が颯爽と電車を降りるのを見送った。

そして次の土曜日、俺はおばあさんが入所している介護施設に見舞いに行くことになった。

「どなたさんでした？」

おばあさんはもう俺のことがわからない様子だった。

「ごめんね、ユウキ君。今日はばあちゃん、ちょっと調子が悪いみたい。よくわかる日もあるんやけど」

帰り道、駅に向かって歩きながら、優希さんが申し訳なさそうに笑う。

「あ、いえ。また来ますから」

おばあさんと同居していた彼女とは当然電車の方角も同じだった。

「ウチのばあちゃん、記憶が曖昧やったから、話聞いてるのも苦痛やったやろ？」

真っ直ぐに窓の方を向いたままの優希さんが申し訳なさそうに言う。

「い、いや、そんなことは……」

「私、ばあちゃんが家にいる時は、たまに邪険にしててん」

「わかります」

そう返しながら、俺は祖母との最後の喧嘩を思い出していた。

「よそのおばあさんには優しくできても、いつも一緒にいる身内って、なんか、許せなかったり面倒くさかったりするんだよね」

心の中で「俺も」と相槌を打つ俺に、彼女がバイト帰りにこの電車でよく一緒になったというおばあさんの話を始める。

「ウチのばあちゃんとは似ても似つかないカッコいい、凛としたお婆さんだったからかな、そのお婆さんとは普通に喋れてたん」

車窓の向こう、オレンジ色に輝く雲に目を細めながら優希さんは続けた。

「お婆さん、いつも孫自慢してたんだ。自分に似て美形で頭がいいって。けど、最後に会った時は凹(へこ)んでてん。自慢の孫にクソババアって言われたって」

「え？　それって……」

俺の祖母だと確信した。けれど、その『美形で頭のいい』孫が自分だとは打ち明けにくくて言葉を飲み込む。

「なんか珍しくしょげてたから、『ウチなんて、クソババアは挨拶みたいなもんやで。そうやって言いたいこと言えるほど気を許してる間柄なんやって！』って励ましたら、メチャクチャ嬉しそうな顔してたな」

——そうやったんや……。

優希さんが言うその『お婆さん』が俺の祖母だと確信した。

祖母との最後の会話を最低最悪なものにしてしまった俺の代わりに、彼女が祖母を慰めてくれた。孫と祖母の関係はそんなものだと笑い飛ばして。

安堵で気持ちが緩んだ。ホッとした途端、頬をぽろりと涙が滑り落ちた。

車窓を流れる桜の並木。祖母の思い出が走馬灯のように頭の中を駆け巡る。

慈愛に満ちた笑顔、そして無償の愛を注いでくれた記憶だ。喉の奥に何かが詰まったように苦しくなり、嗚咽が漏れそうになる。

涙を拭って顔を上げると、電車の窓から綺麗な夕陽がにじんで見えた。

雨と電車と少年と

楠谷佑

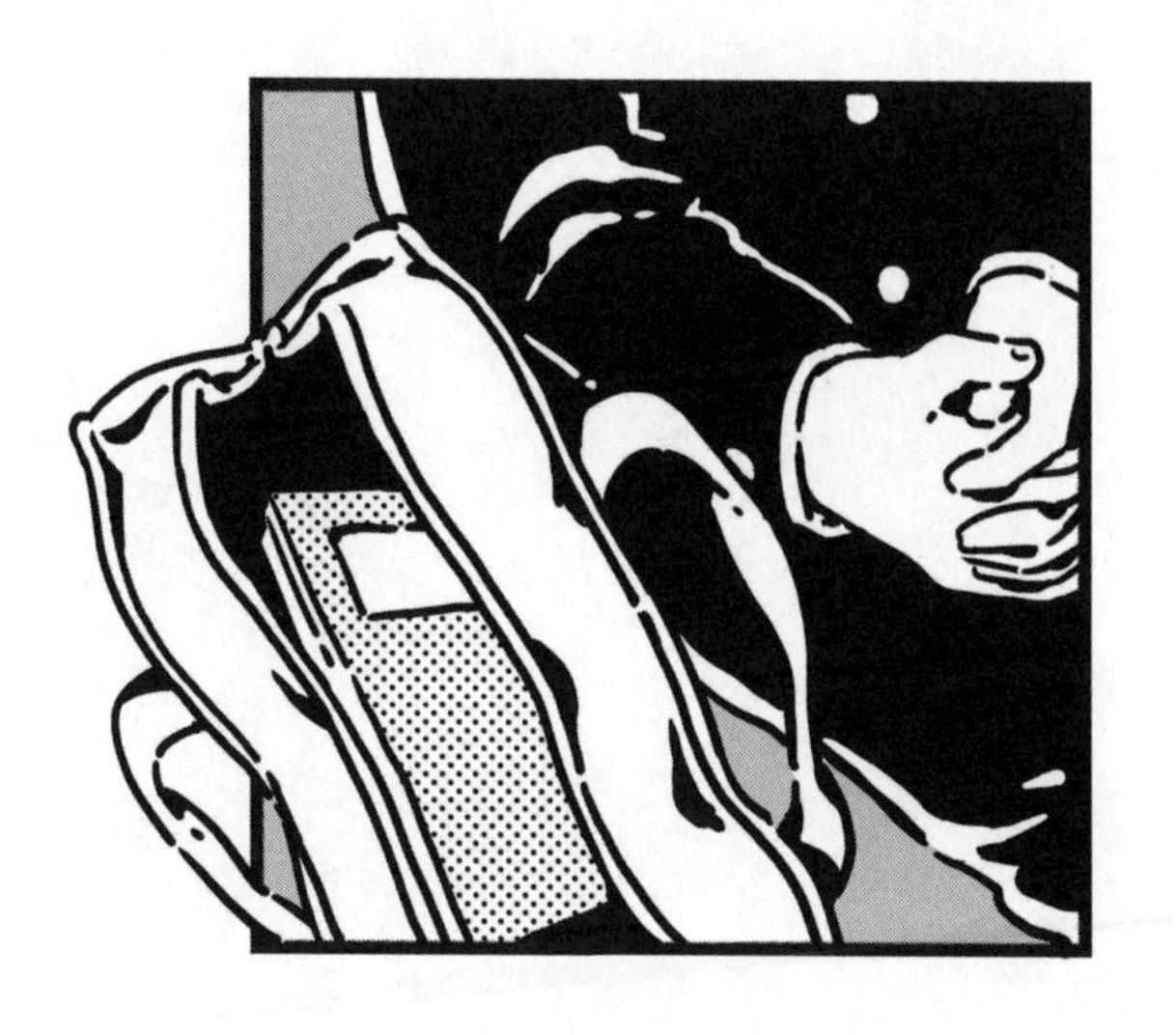

電車に乗ると、常磐は車両内をざっと見回した。

時刻はちょうど九時。ラッシュも終わったうえ、ここはホームの端に停まる十号車のため乗車率は低い。とはいえ、席は結構埋まっていた。

十号車にあるのは、二人掛けのシートと四人用のボックスシート。二人席のほとんどが、一人の乗客とその荷物に占領されている。席はあらかた埋まっていたので、常磐は先客が一人だけいたボックスシートに向かった。

常磐が腰を下ろして両脚の間に傘を立てたとき、電車が動き出した。

人心地ついて、常磐は大きく息を吐く。この鴻江駅から降車する上ノ山駅までは、およそ五十分。それまではリラックスして過ごせる。日頃の運動不足が祟って、まだ三十歳だというのに最近は歩き回るのが億劫なのだ。

(やれやれ。本来は足を使う仕事なのにな)

そのとき、常磐は自分に向けられている視線に気づいた。

それは先客――斜向かいの席に座っている少年の視線だった。常磐は彼を見返して驚いた。その瞳がひどく暗い色をしていたからだ。

少年はすぐに視線を逸らしたので、常磐はそれとなく彼の観察を始めた。

灰色のブレザーとチェック模様のズボンは、この路線ではよく見かける都立上ノ山高校の制服だ。少年は染みひとつないブレザーを、着崩さずに綺麗に纏っていた。持ち物は学校指定らしきダークブラウンの鞄のみ。それを膝に載せて、彼はじっと窓外に目を凝らしていた。

外では雨が降っている。明け方から続いている雨は勢いを増しており、常磐は憂鬱な気分にさせられていた。だが少年は、そんな気が滅入るような光景から目を離そうとしない。

しばらく常磐が見つめていると、少年は視線に気づいたらしい。彼はあからさまに眉をひそめる。

（おやおや！　さっきはそちらが見ていたくせに）

少年は鞄からイヤホンを取り出した。音楽を聴いて常磐の存在をシャットアウトしようとしているようだ。

常磐が呆れて見ていると、イヤホンを取り出したはずみで鞄から四角い物体が飛び出した。それは床でバウンドして、常磐の足許に落ちた。

茶色い革製の定期入れだった。中に入っているICカードには「神原↔上ノ山」と印字されている。常磐はそれを一瞥してから、少年に返す。少年は会釈をして受け取り、思い直したようにイヤホンもしまった。

そのとき、少年が膝に載せている鞄の中が見えた。定期入れとイヤホンの他は、ビニール袋に包まれたノートが一冊入っているだけだった。

常磐の頭に浮かんでいた違和感が、このとき決定的になった。

「寝坊？」

腹を決めて、常磐は少年に話しかけた。相手はびくりと顔を上げる。

「その制服、上ノ山高校のだね。もう通学時間帯は過ぎているから、寝坊かなと思って」

少年はしぶしぶといったように頷いた。

「目が覚めたときには八時を過ぎてました」

ぼそりと小声で答えてから、彼はふと気が向いたように常磐に話しかける。

「あなたも寝坊ですか」

「いや、おれはこれからお仕事。フリーランスだからね」

常磐の気さくさに釣られるように、少年も質問を重ねる。

「どんなお仕事を？」

「私立探偵」

この答えに少年が表情を強張らせたのを、常磐は見逃さなかった。

――そのとき。

順調に走っていた電車が突如失速し、やがて止まった。甲高いブレーキ音が鳴る。窓の外には雨が降りしきる街並みしか見えず、駅は影も形もない。

「どうしたのかな」

常磐が呟いたとき、車内アナウンスが流れる。

『停止信号が出ましたため停車いたしました。しばらくお待ちください』

車両内のそこここから、「人身事故じゃね？」「それありうる。次の白羽駅って事故めっちゃ多いらしいし」などと囁き声が聞こえてきた。常磐が振り向くと、皆、スマホの画面を覗きこんでいる。

視線を戻すと、少年はまた窓の外に目をやっていた。ため息をついて雨を睨む彼に、常磐は声をかける。

「感心な若者だ」

この言葉に、少年は不思議そうに顔を上げた。

「ＳＮＳとかで調べないんだな。事故のこと」

「ああ……」

言われて気づいたように、少年はブレザーからスマートフォンを取り出す。

だが、すぐにしまった。

「そうだ、消したんだった、ＳＮＳのアプリ」

「なんでまた」

「テスト勉強に集中するためです」

「ますます感心な若者だ」

常磐の頭の中にある考えが閃いたとき、ふたたびアナウンスが流れる。

『この先の上ノ山駅で異音確認を行った影響で停止しておりました。問題がないと確認できたので、まもなく発車します』

その言葉どおり電車はすぐに動き出した。

電車は鉄橋を渡り、ほどなく白羽駅のホームへと滑りこんだ。扉が開くと、激しい雨の音が車内に飛びこんできた。

「降りなきゃ」

常磐に言い訳するように呟いて、少年が席を立った。彼はボックスシートを出ていこうとする。

その腕を、常磐は摑んだ。

「君にひとつだけお願いしていいかな」

ぎょっとして振り向いた少年の顔を覗きこみながら、常磐は語りかける。

「何があったかは知らないけど、電車に飛びこんで死ぬのはやめてくれないかな。おれも嫌な気分になるから」


少年は零れんばかりに目を見開いて、身体を硬直させた。

車両からは乗客が次々に降りていく。ふたりの他には、遠くの席に二、三人が座っているばかり。ほどなく扉が閉じて、電車は白羽駅を発車する。

常磐がまっすぐに見つめ続けると、少年は根負けしたように視線を逸らした。

そして、先ほどまで座っていた場所に戻ると、どさりと腰を下ろす。

「……なに言ってるんですか？　別に死ぬ気なんかありません」

「そう？　おれにはそうは思えないけど。そもそも君の通学定期は神原・上ノ山間になってる。遅刻して学校に行くなら、途中駅の白羽で降りずにこのまま座ってるはずだ。白羽駅は人身事故が――いや、こんな欺瞞に満ちた言いかたはやめよう――自殺が多いことで有名だから、君も倣おうとしたのか？」

少年は俯いて、強く唇を噛みしめる。

「あと、君は寝坊なんかしていないし学校に行く気もないだろ。鞄の中の荷物が少なすぎる。教科書の類は一冊もない。寝坊して慌ただしく家を出たってわりに、ちゃんと身繕いもしているし。スマホで遅延状況を調べなかったのも不思議だった。本当に学校に行く気なら、普通気になる。まあ、ＳＮＳのアプリを消したっていうのは本当だろうけど。『立つ鳥跡を濁さず』――この世から自分の痕跡を消そうとしてたってところか？」

不意に少年が笑い声を立てた。それは明らかな作り笑いだった。

「意味わかんない。うざいからやめてくれません？　おれは最初から途中駅で降りてサボる気だったんです。荷物も少なくて当たり前でしょ。あなたに説教されたら面倒だから『遅刻して学校に行く』って嘘ついたんです」

「強気だね。その勢いがあるなら、死のうなんて思わなくてもいいのに」

少年はなにか言いたそうに唇を開きかけたが、顔を歪めて沈黙した。

「……君の荷物には絶対になくてはならないものが欠けている。君は、おれがそれに気づいてないと思った？」

彼は、脚の間に挟んでいた傘を持って床をついた。

「そう、傘。シートのどこにも置いてないし、折り畳み傘も鞄の中になかった。そもそも持ってきてないってわけでもないな、君のブレザーは一切濡れてないから。家族に車で送ってもらったにしろ、駅に入るまでに肩くらい濡れる」

少年が膝の上できつく拳を握りしめているのに気づき、常磐は少したじろった。だが、意を決して続ける。

「つまり君は乗車した神原駅で傘を捨てたんだ。なぜそんなことをしたのか？考えられる可能性はひとつしかない。君にはもう、駅を出る予定がないんだ」

常磐は、少年が携えている鞄に目をやる。

「……その鞄に入ってたノートは、遺書ってところか」

ふたりの間に流れた沈黙を、まもなく上ノ山、というアナウンスが無遠慮にかき乱した。少年がおもむろに口を開く。

「……あなたが言う通り、おれは死ぬ気です。電車で死ぬのが迷惑だって言うなら、他の方法にするんで、もうほっといてください」

電車が上ノ山駅に到着した。扉が開く。だが、この車両に乗ってくるものはいなかった。他の乗客たちは降りてしまい、ふたりだけが残された。

「降りないの？」

常磐が問うと、少年は首を横に振った。

「学校の最寄り駅では死にたくありません。みじめすぎるから」

「……なんか嫌なことあるなら、普通に学校休めばいいんじゃないの」

ぼそりと常磐が呟いた言葉に、少年はきっと顔を上げた。

「簡単に言うんだ、関係ない人はみんな……！　そうやって一度、普通の生活を踏み外したら、もう絶対戻れなくなる。どっちに行ったっておしまいなんだ。もう疲れた。どうせいつか限界が来るなら、自分で終わりにしてやる」

少年は、自分の太ももを拳で叩く。何度も叩き続ける。

「そうやって、君は自分を叩くんだな。おれを殴るんじゃなくて……」

「臆病者だって言いたいんですか？　知ってる、何度も言われた」

「違うよ。君は優しい人間だということが言いたかったんだ」

常磐の言葉に、少年は目をしばたたかせた。

「君に憎い人はいない？」

「……たくさんいます。おれ自身を含めて」

「君は今日、ひとりでこの世を去ろうとしていた。自分以外の憎い人は道連れにせず。教室で幅を利かせてるお山の大将だって、君が本気で殺意と凶器を向ければひとたまりもないだろう。だが、君はそんな真似はしなかった。それは君が、暴力で人を傷つけることの卑劣さを知っている、優しい人だからだ」

見開かれた少年の瞳から、ひと筋の涙が零れ落ちた。

「……なんで、あなたにそんなことが……わかるんですか？　どうしてわかるんですか、おれが教室で嫌な思いをしていることが」

「おれも君が傘を捨てた理由を推理しただけじゃ、自殺しようとしてたなんて思いつけなかったよ」

窓の外に視線をやりながら、常磐は語る。

「知ってる？　探偵って、いじめの調査もするんだよ。おれもこの仕事を始めたばかりのとき、一度だけしたことがある。君の目は、そのとき会った子――いじめられていた女の子の目にそっくりだったんだよ。悲しそうな色をした目」

「……その子は、どうなったんですか？」

「転校した。家族みんなで隣の県に引っ越してね。当時中学生だったけど、こないだ大学に合格しましたって報告をもらったよ。元気にやってるんだ」

「……親に理解があって幸せですね、その子」

「君の親はそうじゃない？」

　少年は歯を食いしばって、ごしごしと涙を拭った。彼は認めたくない現実を、けっして言葉には出したくないのだ。

「おれは君の事情を知らないから、口出しする資格はないかもしれないが……でも、もうちょっと待ってみてくれないか。安全な場所まで逃げて、それから本当にぜんぶおしまいかどうか考えてみてほしい」

「考えても、状況がよくなるわけない」

「悪くもならないだろ、そんなどん底にいるなら」

　いつの間にか雨は止んでいた。車内に、少年の低い嗚咽だけが響く。

「イヤホンはどうして持ってきていたんだ？」

「……え？」

「今から死のうってときでも、君は音楽を聴こうとイヤホンを持ってきていた。

最後に好きな音楽を聴こうとしてたんじゃないのか？　君にもまだ、綺麗だって思えるものがあるんじゃないか？　この世界に、まだ出会う価値のあるなにかがきっとある。音楽かもしれないし、漫画でも映画でも小説でもいい」

「そんな虚構で生きる価値があると思えても……、現実は変わらない」

「生きる価値があると思えるなら、それで十分だろ。おれは探偵だって言ったな。だが、ドラマの中の探偵に憧れてなったわけじゃない。新卒で入った会社でそれはもう不愉快な目に遭って、辞めたんだ。具体的になにがあったかなんて言いたかないね。君と同じだ。その後、知り合いに頼んで今の事務所に雇ってもらった。浮気調査だなんだって仕事、最初は心底嫌だった。でも、さっき話したいじめの調査で、初めて自分が価値あることをできたと思えた」

　少年は顔を上げて、泣き腫らした目で常磐を見つめる。

「人が立ち直る瞬間に立ち会って、おれのほうも勇気づけられたんだ。人生にはもともと価値なんかない。自分で勝手に見出すものだ、違うか？　他人が君をどれだけ軽(かろ)んじたとしても、君がまだやり直したいと思えるなら、その時点で君の人生は価値あるものなんだ。それは他人が決めることじゃない」

窓の外から鋭く光が射しこんだ。少年が赤くなった目を外に向ける。晴れてきた空から射した光が、いつの間にか現れた海に反射したのだ。

「海……、いつの間にか、神奈川まで来ちゃってたんだ」

「一緒に海辺の散歩でもするか。おれもちょうど仕事をサボりたくなったところなんでね。……それとも、こんなおっさんとでは嫌？」

「ええ？　まだおっさんじゃないでしょ」

少年は涙を拭って笑った。かすかだが、心の底から出たようなおかしそうな声で。それに重なるように、まもなく次の駅に着くというアナウンスが流れる。

電車を降りると、潮風の匂いがふたりを包みこんだ。晴れ渡った空を見上げながら少年は呟く。

「傘、捨ててきてよかった」

仮面屋廻向録

小野崎まち

『まず第一にご理解頂きたいのは、当サービスはあくまで家族代行の一種でしかないということです。お客様のご要望にお応えして当社に在籍する特別なスタッフを派遣致しますが、それ以上でもなければそれ以下でもありません。誤解されるお客様もおられるのですが、決して、霊感商法の類ではないのです。

……どうぞ、ゆめゆめそのことだけはお忘れなきようお願い致します』

ふと、数日前のどうでもよかったはずの出来事を思い出したのは、いつもと代わり映えしない朝の通勤電車の中だった。それなりに混雑してはいるものの、都内の電車のようにすし詰めになって乗り降りに難儀するというほどでもない。そんな車中で、私はいつものようにドア前の吊り革につかまって、ぼんやりと車窓の外を流れていく景色を眺めていた。なにも考えてはいなかった。なにかを考えようという気力さえ、今の私からは失われていたのだ。

だから、その奇妙な店に関する記憶がよみがえったのは本当に唐突だった。

『顧客が真に望むものを提供する。それが我々なのです』

仮面屋（かめんや）、とその男は名乗った。何の変哲もないオフィスビルの一室に構えた小さな事務所内。向かいのソファに座っていたのは、四十代半ばを過ぎた中年男の私からすれば若造という言葉がふさわしい、二十代半ばほどの役者のように整った顔立ちの優男だった。作り物のような微笑みを終始浮かべてはいたものの、その目だけが少しも笑っていなかったことが印象的だった。

私がその奇妙な店を訪れることになったのは、勤め先の上司に勧められたことが発端だった。ある朝出社直後に呼びだされ、このままの状態が続くようであればいくら君でもクビを切るしかないと宣告された。それも仕方ないと頭を下げれば大きくため息を吐かれ、しばらくの沈黙のあと、一度ここに行ってみるといいと紹介されたのが件（くだん）の店だったのだ。

紹介制の、いわゆるレンタル家族サービスである――。事務所内でそう説明を受けて、ようやく私は上司の意図を理解した。理解して、反吐が出そうになった。もしその時目の前に上司がいたなら勢いに任せて殴りかかっていたかもしれない。しかしそれも、本当に一時のことでしかなかった。

　怒りはすぐに冷え、ただ虚無感だけが残る。だから流れに身を任せ、問われるまま店側の質問に答えた。結局後日にスタッフを派遣するという結論になったはずだったが、詳細は思い出せない。思い出そうという気にもならない。

　どうでもよかった。なにもかもが、今の私には無意味なものでしかなかった。

　そう考えたとき、ふいに中空をさまよっていた意識がなにかに惹かれるように焦点を結んだ。窓の向こうの遠い景色ではなく、窓ガラスに映り込む自分の姿が視界に入る。酷くくたびれて見える、中年の男。眼の下には黒いクマが浮き上がっており、そのときはじめて私は自分がやつれていることに気が付いた。

「……ッ⁉」

　同時に、窓ガラスに映る自分のすぐ背後に気配もなく立つ人影を見つけて、ぎょっとした。これほどそばに他人がいるというのにまったく気づかなかった。

　しかしそれ以上に私が驚いたのは、人影が身に着けている衣服――制服に見覚えがあったからだ。ブレザーにチェックのスカート。私の身体に半ばが隠れてはいるものの見間違えるはずもない。それはかつて、あの子が通っていた——

「やっと気づいてくれた」

がつり、と頭を殴られたような衝撃が走る。

「相変わらず鈍いんだから、もう」

その声を認識した瞬間、眩暈がしてその場に倒れこみそうになった。心臓がひときわ強く動悸を打ち、息が乱れ、瞬きを忘れて人影を凝視する。

ありえない。ありえない、ありえない。今自分はありえないものを目にしている。ありえない声を聞いている。それは。その声は。話し方は。

「おはよう。お父さん」

——一月（ひとつき）前に死んだはずの、娘のものだった。

私が他者へ恋愛の情を抱くことができないという自分の欠陥に気づいたのは、二十歳になるかならないかの頃だ。しかしその例外として妻が私の前に現れ、大恋愛の末に結婚したのが三十路を目前にした頃のことだった。

　そしてあの子が――娘である花蓮が生まれ、代わりに最愛の妻がこの世を去ったのが三十の頃だった。

　それ以来、私にとってあの子が全てだった。当時はほとんど存在していなかった男親の育児休暇を、会社へ莫大な利益をもたらした成果によって半ば強引にもぎ取った。ある程度娘が育ち職場に復帰してからも、娘と過ごす時間を捻出するため誰にも文句を言わせぬよう人の何倍もの結果を出し続けた。

　経済的に不自由させず、親としての愛情も時に鬱陶しがられるほどたっぷりと与えた。その甲斐があってか、花蓮は亡き妻のように明るく朗らかで、だれにも分け隔てなく接する心優しい娘へと成長した。少々いたずら好きなところがあるものの、親の目からすればそれだって可愛いと思える長所でしかなかった。

　けれどそんな娘は一月前、十六という若さで呆気なく逝ってしまった。学校の階段で足を踏み外しての転落事故死。少なくとも警察にはそう判断された。

当初は現実を受け入れられず、しばらくして受け入れざるを得なくなり、やがてその重さに押しつぶされた。身動きひとつできなくなってしまうほどに。

妻が亡くなったときは、娘がいた。けれど娘を失くした私には、もうなにも残っていないのだ。かつてこの手にあったはずの温かなものは全て零れ落ちて、跡形もなく消えてしまった――はずだった。


「か、れん……？」

「うん。そうだよ、お父さん」

私の背に隠れ顔を窺うことができない。しかしその声の調子も、話し方も、首を傾げたり自分の髪に触れる些細な仕草も、花蓮そのものだった。

「……いや、ありえない。そんなこと、ありえるはずがないんだ」

「まあ、うん……そうだね。わたしはもう、死んじゃったもんね」

悲しげに震える声に自然と胸が締め付けられる。それは落ち込んだときのあの子そっくりで、だからこそ本物であるはずがないと強く自分に言い聞かせる。

「君は、誰だ……？　どうして、こんなことを」

「おかしなことを言うんだね。これはお父さんが望んだことでしょ？」

「なにを——」

「これは夢。お父さんが望んだ夢。一時で露と消える幻」

……その言葉で、ようやく理解へ至る。すぐに気づいてしかるべきだった。

そんな当たり前のことに思い至らないほど私は動揺していたのだろう。

それだけ、彼女の声、仕草は真に迫っていた。

「君は、例の仮面屋か」

小さく笑う気配。それさえも、花蓮がそうしているようにしか感じられない。

「あのね、だからこっちを振り向いちゃだめだからね。夢なんて、ちょっとしたことですぐに覚めちゃうんだから」

「大したものだ。ハリウッド女優も顔負けだな」

自分の口から出た声に、自分で驚く。それは自分が出したとは思えないほど穏やかだったからだ。赤の他人を代替品として自分を慰めるなどあの子への冒瀆（ぼうとく）でしかないと思っていたはずなのに、今こうして実物を目の当たりにしている私の心は不思議なまでに落ち着いている。

彼女が、あまりにも花蓮にそっくりだからだろうか。あるいは、ここまで似せるためになされたであろう努力に思いが及んでしまったからだろうか。きっと私が話した以上のことを調べ、あらゆる面からあの子に近づこうとしたのだろう。でなくてはこれほどのものを作り上げることなどできるはずもない。

ならば、ここまで『羽純（はすみ）花蓮』を再現するに至った名も知らぬ少女は、私の次ぐらいにあの子を身近に感じている存在であるはずなのだ。たとえ理由が仕事のためだったからといって、そんな相手を否定できるはずもなかった。

「あの子に双子の姉妹がいれば、君のようだったのかもしれないな」

彼女はくすりと笑う。

「もしわたしが双子だったら、入れ替わりトリックを使ってお父さんをからかってたかもしれないね」

「ああ、それは……ありえそうだ。目の前に浮かんできそうな光景だ」

そうであれば、どれほどよかっただろう。きっと私達の生活はもっとずっとにぎやかなものになっていただろう。

「でも、わたしは双子じゃない」

「そう、だな」

「だから、生まれてからずっとわたしはお父さんを独り占めできた」

「…………」

「今じゃもう、鬱陶しいなあって感じることのほうが多くなっちゃったけどね。でも、嫌いになったわけじゃないんだよ。こんなこと、もう面と向かっては言えないけど、わたしはお父さんの子供でよかったなって思うし、ずっと大事に育ててくれたことを感謝しているし、今もだいす——」

「そこまでで、いい」

それ以上聞いていられなくなって、彼女の言葉を止めた。私を慰めようとしてくれるのは、素直にありがたいと思う。しかし私はもう夢から覚めてしまったのだ。彼女をあの子の代わりにして自分を慰めるなどという恥知らずな真似を、これ以上できるはずもない。

「もうあの子のふりをせずともいいんだ。十分、君は料金分の仕事をしたさ」

「……本当に、もういいの？」

「ああ、もう十分だとも」

きっと私はなにも変わらない。ただ一時、幻のような夢を見ただけだ。今この手に何も残っていない以上、これからも私は無為に、惰性で生き続けていくのだろう。だがそれをこの子に正直に言ったところでなんになる。ただ余計な心配をかけるだけだ。だから笑って、私はそう答えた。

「お父さんって、ほんっと嘘が下手だよね」

しかし返ってきたのは、大きなため息だった。動揺する。なぜならその言葉はことあるごとにあの子が口にしていたもので、ちがうとわかっているはずなのに、どうしてもそこにあの子の気配を感じずにはいられなかったからだ。

「……まあ、伝わらないのはね、うん、わかってた。でもやっぱり、きちんとわたしの口から言いたかったの」

惑う。もう夢からは覚めたはずなのだ。彼女は、あの子ではない。

「わたしはね、本当にお父さんのことを恨んでなんかないんだよ」

だからその言葉を聞いて、より激しく動揺した。彼女が何について言っているのかを正しく理解したがゆえだった。それは余人が知るはずもない、娘との間だけでしか通じない言葉だった。

「だからあれは自殺じゃないの。そんなつもり、欠片もなかったんだから」

絶句した。するほかなかった。それは私の核心を深く衝いていた。

「わたしの机の、一番上の引き出し。その奥にね、手紙があるの。渡そうと思って、でもずっと意地を張って渡せなかった。わたしの本当の気持ちは、全部そこにあるから」

彼女がそう告げたのと、電車が駅に到着したのは同時だった。周囲の客が降車していき、背中にぴったりと寄り添っていた気配もまた離れていく。

ああ、そういえばここはあの子の降りる駅だった。そのことを思い出しながら、私は後ろを振り返っていた。無意識に腕が、離れていく気配へと伸びる。

「待っ――」

手は空を切った。なにもつかめなかった。私の手の届かないところへ、彼女の背が遠ざかっていく。その光景が、どうしようもなく胸を締め付ける。あの子ではないと頭では理解していても、切なさで心がはち切れそうになる。

なにかを叫びそうになって、しかし理性がそれを抑えつけて、結局なにも言葉にできないまま彼女の背中は乗客の群れの中に消えていこうとして。

「いってきます、お父さん」

最後に振り返った彼女の顔は、見間違えようもなく、花蓮そのものだった。いつものように、いつかのように、太陽のような笑みを残して彼女は私の前から去っていった。

『まずはじめに言っておくね。お父さん、ごめんなさい』

花蓮の手紙は、その言葉から始まっていた。

『あのときわたしはひどいことを言ってしまいました。だから、お互い様です。わたしに言ったことも、お父さんは気にしないでください。わたしも、もう気にしていません』

あれは花蓮が事故に遭う一週間前のことだった。些細なことで口喧嘩をして「お母さんが今のお前を見ればきっと同じように怒ったはずだ」という私の言葉を聞いて、あの子は言ったのだ。「一度も会ったことのないお母さんなんて、赤の他人となにも変わらない、わたしには関係ない」と。

それで。それで、私は頭に血が上(のぼ)ってしまった。だから、決して言うべきではないことを、口にしてしまったのだ。

――お前を産んだせいで、お母さんは死んだんだぞ。

『お父さんがわたしを大切に思ってくれていることを、わたしは知っています。あれがお父さんの本音でないことぐらい、わかっています』

あのときの花蓮の顔を覚えている。酷く傷ついた、あの子の顔を。

『……けれど、まったくそう思っていないわけではないことも、わかっています。お父さんがお母さんのことを本当に大好きだったことを、知っているから』

謝らなければならないのは私のほうだった。膝をついて、額を床に擦(こす)り付けてでも謝るべきだった。しかしあの子からどんな言葉が返ってくるかが不安で、お互い冷却期間が必要だろうと言い訳をしてその機会を先延ばしにした。

その結果が、今だった。機会は永遠に失われてしまった。――なのに。

『それでも、わたしは気にしてません。わたしはやさしいので、お父さんを許してあげます……めちゃくちゃ傷ついたし、ちょっと泣いたし、バーカーバーカって百回ぐらい言ったけど、もう、へっちゃらです』

『だってわたしは、お父さんがどれだけがんばってわたしを育ててくれたのかを知っています。わたしにとっては、それが全てです。それがお父さんの気持ちのほとんど全てだって、ちゃんとわかっています』

『わたしは、いま、幸せです。だから、いいんです』

『間違うことなんて誰にだってあるんだから——なんてえらそうなことを言ってみます』

『だからお父さん。これからも、どうかよろしくおねがいします』

『世界中の誰よりもやさしくてかわいいお父さんの愛しい娘、花蓮ちゃんより』

うめき声が漏れて、立っていられなくて、床に崩れ落ちる。やがて耐えられなくなって、声を上げて泣いた。まるで子供のように泣き喚いた。

それは、あの子が死んでから初めて流す涙だった。

貫通扉の向こう側

国沢裕

梅雨の季節であったが、その日は朝から天気がよかった。

土曜日の朝の各駅停車に、ひとりで神崎茜（かんざきあかね）は乗っていた。まばらに埋まっている長座席の端に座り、向かい側の窓の外の景色がゆっくりと流れるさまを、ぼんやり眺めている。

彼女が各駅停車を選んだのは、目の前にタイミングよく、その電車が滑りこんできたからだ。時間に余裕を持って家を出た彼女には、まったく急ぐ気持ちがなかった。

これから向かうところは、八つ先の駅だ。結婚式場の最寄り駅の改札口で、彼が待っている。今日は、茜と彼と、会うのが三度目となる結婚式場の女性プランナーと、細かい式次第を決めることになっていた。

茜は、四か月後に結婚式を控えている。

大学を卒業後、茜は地元の製菓会社に営業部の事務として就職した。そこで同じ営業部の二歳上の彼と知り合い、五年間の付き合いを経て、茜が三十歳の誕生日を迎えたころに結婚の話が決まった。

彼は穏やかでやさしく、これまでの付き合いと仕事ぶりで、誠実な人柄だとわかっている。映画が好きな茜と趣味も合うし、口数が少ない茜の気持ちを酌んでくれる。とてもいい人で、茜は、なんの不満もなかった。

今回の結婚に対して、彼はとても乗り気だ。茜だって、新しい生活を楽しみにしている。だが、ぼんやりとした不安が、茜の心の奥に揺らめいていた。

――ああ。これが話に聞くマリッジブルーというものだろうか。

そんなことを考えていると、ふいに響いた子どもの笑い声が、茜の意識を現実に引き戻した。茜は、窓から車内に視線を移して、声の主を見る。

斜め前方の長座席に座った、両親と思しき男女に挟まれた小さな男の子だった。男の子は、母親にシッと注意され、父親に片手で口をふさがれる。

とたんに、また笑い声をたてた男の子は、身をひねって父親の手から逃れると、座席によじ登った。窓に額をくっつけると、嬉しそうに体を揺すりながら外を見る。慌てて母親は、男の子の両足から靴を脱がせた。

茜は、そのまま車内を見回した。そして、数組の家族連れに気がつく。

――ずいぶん、家族連れが多いな。

ああ、そういえば。いくつか先の駅を降りたら、動物園があったっけ。

納得したように小さくうなずくと、茜はお気に入りの青いワンピースの裾を整え、白いカーディガンの襟もとを確認して、正面に顔を向ける。

そのとき、減速しながら、電車がホームに滑りこんだ。

ホームで並んで待つ人々の顔を、茜は何の気なしに眺めていた――そのとき。

茜は、懐かしい男性の顔を見つけた。驚いて目を見開くが、あまりにもショックが大きすぎて、開いた唇から叫び声はあがらなかった。

あの横顔は、茜が大学生のころに付き合っていた水瀬和人(みなせかずと)に間違いない。いつも横で見ていた顔。少しも年齢を重ねていない顔。

我に返った茜は、慌てて立ちあがる。空いていた前の長座席に駆け寄ると片膝を乗せ、額を窓ガラスにつけるようにしながら通り過ぎた彼の顔を探した。

電車が停まる。

すぐに扉が開き、ホームで並んで待っていた人の列が動きだす。すると、隣の車両の扉前に並んでいた彼の顔が、乱れた列のあいだから確認できた。

間違いない。見間違えるわけがない。あそこに立っているのは彼なのだ。

過ぎ去った九年の歳月が、一気に巻き戻る。色あせて淡い輪郭となっていた彼との想い出が、茜の脳裏に、鮮やかによみがえった。

十二年前、地元の大学に進学した茜は、ほどなく映画サークルに入った。みんなと学生割引を使って映画を観に行き、そのあとはドリンクバーのある店で長時間、映画の感想を言い合うという、とてもゆるくて楽しい活動だった。

すぐに茜は、ひとつ年上の水瀬和人と仲良くなった。

上背があり肩幅も広い、がっしりとした体格の彼は、とても朗らかな性格だった。映画の感想はもちろん、口にする言葉はユーモアたっぷりで、茜はずっと笑いっぱなしだった。彼のほうも、茜の話すことに興味深く耳を傾け、瞳を煌（きら）めかせて笑顔でうなずいてくれた。

付き合いだしてから、実家が蕎麦屋である彼の家に遊びに行って、彼の父親が打つ蕎麦をごちそうになった。やがて、野球部に所属しているという丸坊主の弟が中学校から帰ってきて、茜は小突きあう兄弟の仲の良さを目にした。

夫婦仲の良い両親、楽しい兄弟。茜は疑うことなく、自分はこのような微笑ましく幸せな家庭を、彼と築くものだと思いこんでいた。

大学の卒業学年となった和人の就職先も決まり、新年を迎えたあと――飲酒運転の車が歩道に乗りあげる事故に遭い、すべてのできごとが幻だったかのように、彼が茜のそばからいなくなるまでは。

地に足がついていない気持ちのまま告別式が終わったあとは、一度だけ彼の実家に行き、形見分けとして思い出の品をいくつか受け取った。そして、茜はサークルも辞めた。当時の友人たちとの交流は、現在も途絶えたままだ。

茜が結婚する今の彼は、お互いに映画が好きだということで気が合い、デートに誘われて付き合いはじめた。映画を観るときの心構えが和人と違うタイプであったため、茜は悲しみに襲われずに、また劇場で映画を楽しめるようになった。

和人そっくりの彼が隣の車両に乗る姿に、茜の意識は引き戻された。

茜がいる車両にも、子どもの手を引いた男女が扉から次々と乗りこんできたので、そんな家族連れに席を譲ろうと、茜は立ちあがる。このまま、隣の車両に移るつもりだった。

扉が閉まり、電車は静かに動きだす。徐々に加速していく車両の揺れによろめいて、慌てて茜はつり革につかまった。

通路にぽつぽつと立つ乗客のあいだを縫って、茜はゆっくり隣の車両に近づいていく。端までたどり着いた茜は、貫通扉を開けて連結通路を通った。

そして、隣の車両の貫通扉を開けようとした瞬間。

扉の窓越しに、懐かしい和人の姿と、その彼に寄り添っている女性の後ろ姿が見えた。

茜の手は、電流に触れたように扉から離れた。


貫通扉の窓に、小さく切り取られた向こう側。

がっしりとした体格の彼が、肩を揺すりながら笑っている。その屈託のない笑顔は、彼の前に立つ女性に向けられていた。

彼女の顔は見えない。だが茜は、女性の後ろ姿が、体型も服の好みも黒髪の長さも全部、大学時代の自分に似ていると思った。

こちら側にいる茜がうらやましくなるくらい、ふたりは幸せそうだった。

茜は小刻みに揺れる貫通扉に手を添え、窓の向こうを一心に見つめ続ける。

——ああ、きっと、この扉の向こう側は、生き続けている彼とわたしの時間が、あのころのまま流れているのだ。

まるで、失われた未来を撮った映画のフィルムを見ているみたい。

扉のこちら側にいる自分には、手にすることができなかった幸せな時間だけれど。せめて、ずっとここで宝物のような想い出を見守れたら……。


そのとき、電車が大きく揺れた。

よろめいて彼の二の腕に手を添えた彼女の顔が、茜の視界に映る。それは、茜ではない見知らぬ女性の顔だった。

彼のそばにいるのが自分ではないという事実は、別の世界のように見ていた窓の向こう側が、夢などではない現実だと茜に教えた。

さらに、女性の陰となっていた向こう側に、オレンジ色のベビーカーが置かれていることに、ようやく茜は気がついた。

想い出の中の彼ではないと認めた茜だが、そうなると、どうしても瓜二つの彼が誰なのかを確かめてみたくなる。その好奇心が抑えられなくなり、茜はついに、両手に力をこめて扉を横に滑らせると、足を踏みだした。


「――水瀬、くん」

そばに寄り添う女性と周りの目を気にして、茜は苗字で彼に呼びかける。

すると、声に反応したように、彼がパッと顔を茜に向けた。その表情と反応から、本当に和人が目の前に立っているように錯覚する。

だが、言葉を続けようとする茜よりも先に、一緒にいた女性が口を開いた。

「誰？　知っている人？」

「ああ、えっと――兄貴の彼女さんだよ」

それを聞いた茜は、彼には年の離れた弟がいたことを思いだした。目の前の男性を、よく見つめてみる。

　そして、茜はようやく理解した。それは、彼と違って背が低く、ひょろりとした丸坊主の中学生が、驚くほどに兄そっくりに成長した姿だった。

　たしか彼は、弟のことを健斗（けんと）と呼んでいただろうか。

「――ああ、久しぶりね。懐かしくて、思わず声をかけてしまったわ。えっと、いまはおいくつに……？」

　かすれた声でそうつぶやいた茜に、弟は、兄そっくりの笑みを向けた。

「二十二になりました。高校を卒業したあと、実家の蕎麦屋を継いでいるんですよ。こっちは、高校のときに同級生だった彼女で。高校を卒業してから、すぐ結婚して、息子はいま二歳になります」

　その彼の隣で、彼女は茜に向かって控えめに頭をさげた。

　弟の言葉をぼんやりと聞きながら、茜は、健斗はあのときの彼と同じ歳なのだと考える。そして、息子という言葉に反応して、顔をベビーカーに向けた。

　興味深そうに見上げていた男の子と、目が合う。とたんに、くしゃりと笑みを浮かべ、男の子は照れたように甲高い声をあげながら体をのけぞらせた。

そんな男の子の様子を、茜は、彼の面影を探すように見つめる。さすがに血を分けた兄弟の子どもだけあって、彼の面影が、あちらこちらに見て取れた。笑ったときの目じりが似ている。眉と耳の形も似ている。

自分と彼が結婚していたら、このような子が生まれていたのだろうか……。

「それで、今は、どうされていますか？」

弟に訊ねられて、茜はハッと顔をあげた。慌てて笑顔を作って口を開く。

「結婚式の打ち合わせに向かっている途中で……。わたし、四か月後に式をあげるんです」

その言葉を聞いた瞬間に、ふたりはパッと顔を輝かせた。

「おめでとうございます」

すぐにそう言った彼女は、じっと茜の楽しげな反応を待つように顔を見つめてくる。その期待を帯びた視線に耐えかねて、茜は眉根を寄せながら続けた。

「でも、少し不安で。たぶん、これがマリッジブルーかなって……」

「あらら、マリッジブルーなんですかぁ？」

彼女は、驚いたように目を見開いた。そして、茜よりも年下の彼女は、見た目よりも温かみのあるハスキーな声で、くしゃりとした笑みを向ける。

「大丈夫ですって。結婚も出産も飛びこんじゃえば、なんだこんなものかって感じですよ。なんとかなります。このあたしでもやっていますから」

弟も、その言葉に合わせるようにうなずいた。

「ご結婚、おめでとうございます。彼と幸せになってくださいね」

その言葉を聞いた瞬間、茜は、フッと心が軽くなったことに気がついた。

これまで結婚に対して積極的になれなかった理由。

無意識に心の奥底に沈めていた感情。

茜はまた、生涯を共に生きると誓った相手を失うことが怖かったのだ。

だが、立ち止まっているわけにはいかないこともわかっている。

茜は、これからも生きていくのだから。

さよならも満足に言えずに茜の前からいなくなった彼が、いつまでも先に進む決心がつかなかった茜に、ここで弟を引き合わせてくれたのだろうか。

彼と同じ声で。彼と同じ、少しはにかんだ笑顔で。

——おめでとう。幸せになって。

まるで彼から、かけられた言葉のようだ。

きっと茜は和人から、一歩を踏みだすための言葉が欲しかったのだ。


そのとき、ベビーカーに乗っていた男の子が、茜に向かって小さな手を突きだした。いつしか視界が涙でぼやけていた茜は、慌てて彼らから顔を隠すように、男の子のほうへ腰をかがめる。

小さな手に握りしめられていたのは、ひとつの飴だった。

「あ、よかったら受け取ってください。最近、プレゼントすることを覚えて」

嬉しそうに説明する弟の声は、子どもの成長をのろけるような嬉しさを帯びていた。茜は男の子に向かって笑みを浮かべると、両手で飴を受け取る。

「ありがとうね」

とたんに、男の子は恥ずかしそうに声をあげながら、ベビーカーの中で身をよじった。そのとき、電車が速度を落としながら、次の駅のホームに滑りこむ。よろめいた茜は身を起こして、急いでつり革につかまった。

どうやら、動物園のある駅に着いたようだ。電車内で、一斉に立ち上がる気配が起こり、あちらこちらから子どもたちの期待に満ちた声があがった。

「それじゃあ、ここで」

「あ、はい」

茜に会釈をしてから、弟は彼女と一緒に、開いた扉へ寄っていった。ベビーカーから身を乗りだした男の子が、茜のほうへ振り返って小さな手を振る。茜も手を振り返しながら、まばゆい陽のなかへとけこんでいく彼らを見送った。

「――わたしも、幸せな家族をつくりたいな」

涙の名残で眩しい目を細めながら、茜は小さくつぶやいた。


家族連れが降りたあとの電車内は、がらんと空(す)いていた。茜は近くの座席に腰をおろす。そして思いだしたように、握りしめていた片方の手を開いた。そこには、小さな飴がひとつ。

包み紙の両端をひねって開けると、馴染み深いミルク味の飴だった。

口に含むと、ミルクの甘い味が広がった。

自然と口もとがゆるむような、幸せの味だと思った。

この笑顔で、茜はきっと、改札口で待つ彼に駆け寄っていけるだろう。

光へとつづく

杉背よい

カーテンのない車窓から、日差しが降り注いできた。海斗は目を細め、窓の外の景色を眺める。電車がカーブに差し掛かり、トンネルに入る。

――この電車に乗るのは実は二度目だ

あの日、中学生の海斗は大荷物を抱えて海へ向かう電車に乗った。前日に両親とした大喧嘩が頭を掠める。「将来ミュージシャンになりたい」と言った海斗に、母親は「不安定な仕事だ」とそれ以上言うことを許さなかった。海斗は衝動的に荷物をまとめ、行先も考えず電車に飛び乗った。イヤホンから流れる大好きな音楽だけが、お守りのようなものだった。

海水浴にはまだ早い季節の海行きの電車は、出発時にはそれなりに混み合っていた。しかし都心部を抜け次第に電車は空いてきた。

気が付くと、海斗の乗る車両には乗客はあと一人になっていた。海斗はさり気なくもう一人の乗客を観察する。三十歳ぐらいだろうか。眼鏡をかけた、洗練された雰囲気の男性が海斗と向かい合う形で俯（うつむ）いて座っていた――そのとき、電車が大きく揺れ、海斗のイヤホンが片方外れた。爆音で流していたロックサウンドが漏れ、海斗は急に現実に引き戻されたようで慌てた。

――早く曲を止めなきゃ。

焦るあまり手元がおぼつかない。しかしふいに降ってきた言葉に、海斗は思わず顔を上げた。

「そのアルバム、傑作だよな」

え？　一瞬車内の時間が止まる。言葉を発した主は俯いていた顔を上げ、嬉しそうに海斗を見ていた。眼鏡の奥の目は、涼しげな形でやわらかな色をしていた。

「急に声かけてごめん。俺もそのアルバム何回も聴いたからさ。ギターフレーズだけでわかるんだよ」

「すごい……よく、わかりましたね……」

海斗は呆然として言った。ほんのわずかな間他人のイヤホンから流れた音だけで、目の前の男性はアーティストとアルバムまで言い当てたのだ。

「うん、好きだから」

男性はそう言って笑った。笑うと幼い印象になり、海斗の緊張も解けた。他のアルバムも持っているかと男性が訊ね、海斗は即答した。そこから先は早かった。好きな音楽の話で盛り上がり、いつの間にか海斗と男性は向かい合わせではなく、隣に座って話に夢中になっていた。

影響を受けたアーティスト。一枚に絞ることは決してできないが、宝物のようなアルバムの数々。目を輝かせて話す様子は、海斗と同い年ぐらいの少年のように見えた。クラスにこんな男子がいたら——海斗は生き生きと話す男性の表情に見とれていた。いつまでもこの時間が続いてくれればいいのに。海斗は密かにそんなことを夢見てしまった。心地よく会話を続けていた海斗は、ふと男性の視線に気付く。視線は海斗の足元に注がれていた。海斗は警戒する。

足元には大きなリュックが置かれていた。海斗がとりあえず数日家に帰らなくてもいいように詰めてきた衣類や、何故か家に置いておけなかった思い入れのあるCDや本でリュックはずっしりと重い。考えてみれば、平日の昼間に中学生がふらふらと出歩いているのは不自然だ。家出だと気付かれたら――。海斗は次に出てくる男性の言葉と、行動に身構えた。普通であれば駅員室に連れていかれるか、もっと手っ取り早く交番に連れていかれる可能性もある。

しかし男性の表情は柔らかかった。

「別に君のことをどうこう言うつもりはないけど……黙って出てきたの？」

素直に海斗は認めた。「そっか」と男性は頷く。あっさりとした反応だった。

「……家に帰れとか、言わないんですか？」

おずおずと訊ねる海斗に、男性はニッと笑って見せた。

「まあ、俺にも身に覚えあるし。あと今、俺も似たような状況っちゃ状況だしね」

言いながら、男性は大きく伸びをする。ゆるく組まれた指が長い。手も足も持て余しているように細く長かった。

「どういうことですか?」

男性はちらりと海斗を見た。「あんまりカッコよくないんだけどさ」と前置きをすると、男性は小さく息を吐く。

「今やってる商売がうまくいってなくて……もうやめて田舎に帰ろうかなーなんて。俺も勢いで電車に乗ったんだよね」

しん、と辺りが静まり返った。海斗は何と言葉をかけたらいいのか迷う。そんな海斗の心中を察したのか、男性は笑った。

「気ぃ遣わないでいいって!」

男性に肩を叩かれ、海斗は自分を不甲斐ないと思った。海斗の心を軽くしてくれた目の前の男性を励ますこともできない。しかし男性は励ましの言葉など必要としていないようにも思え、海斗は口をぱくぱくさせながら「はい」と頷くのが精一杯だった。

車窓の風景はいよいよのどかなものに変わっていた。

「もうすぐ海、見えてきますかね」

海斗は苦し紛れに言った。男性はふっと表情を緩め、「あと十分くらいかな」

——と柔らかな笑顔を見せた。

「僕、ギターをやってるんです」

海の話を切り出したのと同じ調子で、ぽろっと海斗の口から言葉が出た。男性は言葉の続きを待っているようだった。

「もちろんまだうまく弾けないし、難しい曲も全然なんですけど楽しくて仕方ないんです。毎日どんなことをしている時でもギターや音楽のことが頭にあって、これが好きだってことなんじゃないかなあって気付きました」

海斗の言葉は唐突に溢れた。男性は「うん」とだけ言って、また静かに話の続きを待つ顔になる。

「音楽にハマったとき、あ、ずっと探してたものはこれだ、って思って。昨日までは何も好きなものがなかったのに急速に頭の中の隙間が埋まっていって、うまく言えないんですけど……こんなふうに好きなものに出合えるのって僕、すげぇ幸運なんじゃないかと思ったんです」

幸運？　驚いた顔で男性が海斗を見た。怒っている口調ではない。虚を衝かれて放心しているような、だがいやに神妙な表情をしていた。

「そっか……」

放心状態のまま、男性はつぶやいた。海斗は「すいません、一人でペラペラ喋っちゃって……」と謝ると、男性は大きく首を横に振った。

「そんなことないよ。すごく、大切な話だった」

話してくれてありがとう、と真剣な顔で男性は言った。そこから海斗と男性は再び音楽の話をした。

「実は憧れている人や目標にしてる人はたくさんいるんですけど、一番好きなのは、要人（かなと）っていうギタリストなんです」

海斗の口調は自然に熱を帯びる。だがそれまで相槌を打っていた男性が静かになったので、海斗は気を悪くしてしまったのだろうかと慌てて言葉を継いだ。

「あ、要人、知ってますか？　あんまり有名な人じゃないですけど……ギターのテクニックもすごいし、何ていうか音楽への愛情を感じるんですよね……」

男性の顔を見た海斗は驚いて話すのをやめた。

再び放心したような表情。その両目から静かに涙が流れていたのだ。

「もちろん知ってる」

男性はそう言って、何事もなかったかのように片手で涙を拭った。流れていた涙の痕跡は完璧に消し去られ、男性は晴れやかな笑顔を見せた。

「……海、見えるよ」

男性がつぶやいた瞬間、電車はトンネルに入った。ふいに車内が暗くなり、一気にトンネルを駆け抜けると再び光の中へ飛び込んでいく。

「うわあ……」

海斗は思わず声を上げていた。窓の外には海が広がっていたのだ。海面に光が反射してキラキラと輝いている。座席に膝をつき、海を見つめていた海斗を男性は笑った。それから急に声のトーンを落とし、

「ご両親に話したほうがいいよ」

えっ？ と海斗は振り返った。男性は優しい目をしていた。

「今、俺に話したようなこと全部。どんな小さいことでもいいからさ、話してみたら何かが変わるんじゃないかな」

——全部話す。両親に。聞く耳を持ってくれるだろうか？

海斗の中で不安な感情がうごめく。絵に描いたような真面目な両親。自分たちが生きてきた道筋から海斗が外れることを極端に恐れている気がした。彼らが聞きたいのは海斗の成績や進学の話で、好きなものの話なんか——。

そこでふと海斗は気付いた。好きなものの話をしたことがなかったのは海斗自身が心を閉ざしていたから。受け入れてくれるわけがないと決めつけていた

からだ。

「大丈夫」、と海斗の心を読むように男性は大きく頷いた。

電車は終点に着いた。「終点岬口（みさきぐち）」、「岬口」――アナウンスが告げる。

「降りたら海が見えるよ。一緒に見ないか？」

男性が荷物を持ち上げた瞬間に、海斗の心は決まった。「行きます」と即答して男性の後を追う。

改札を出て数分歩くと、窓越しではない海が目の前に広がっていた。ただ言葉もなく、波の動きを見ているだけで時の経つのも忘れてしまいそうだった。

どのぐらいの時間が経ったのか――男性が口を開いた。それまで隣にいることすら忘れていた。

「帰ろっか」

はい、と頷いてから海斗は気付いた。先ほど電車の中で聞いた男性の身の上話を思い出したのだ。男性は海斗の心中を察したのか、他愛もないことを話す調子で言った。

「とりあえず、実家に帰るのはやめた」

きっぱりとした鮮やかな笑顔だった。それから照れ隠しのように「帰るのはいつだってできるしね」とつぶやく男性に、海斗も笑顔を返した。

「……僕も帰ります」

再び改札口を抜け、上りホームに向かい二十分ほど待つと先程海斗たちを運んできた方向から下り電車が滑り込んできた。折り返し運転で再び都心部へと向かう。海斗と男性は電車に乗り込み、隣同士に座った。年齢も性別も様々な人が乗り込んで、車内は半分ほど埋められた。人が増えてきたのでお互いに口を閉ざした。だが海斗の気持ちは明るくなっていた。仕事を諦めかけた男性が再び住んでいた街に戻る。海斗にとっても、彼が前向きな気持ちを取り戻したことが嬉しかった。

電車はアナウンスとともに走り出す。しばらくして男性が口を開いた。

「名前だけ教え合おう」

海斗は男性の提案が奇妙に思えた。電話番号やメールアドレスを交換するでもなく、名前だけで何ができると言うのだろう。

「名前を知っていれば、いつか必ずどこかで会えるよ」

預言者のように厳かな口調で、男性は言った。海斗と男性はそれぞれ自分の名前を名乗り合う。「イセザキカイト」「シンジョウカナメ」

名乗り合うと、途端に目の前の男性は「シンジョウさん」になった。しっくり来るような来ないような。それでもシンジョウさんの存在が現実味を帯びたようで海斗は嬉しくなった。

「僕、親に話します。話して説得します！」

先に降りるのは海斗だった。大荷物を背負い、閉まりかけのドアに向かって手を振る。シンジョウさんは手を振り返してくれた。一瞬、さっき予想もつかないタイミングで涙を流した顔が蘇る。海斗は電車が見えなくなるまで手を振り続けた。

海だ。心の中で海斗はつぶやく。二度目にこの電車に乗り込んだ海斗は大学生になっていた。あの時と同じ。都心部を抜け、のどかな風景が広がる先に終点の海の駅がある。海斗は指定された終点で、迷うことなく電車を降りた。

懐かしいホームに人影がある。海斗は導かれるようにその方向へ向かって歩いていた。

「伊勢崎(いせざき)海斗さんですね」

頭を下げたのは、生き生きとした表情の四十手前ぐらいの男性だった。彼は素早く名刺を取り出す。受け取った名刺には音楽事務所の名前とプロデューサーという肩書、そして名前は「新庄要(しんじょうかなめ)」と印刷されていた。海斗はハッとして顔を上げる。今日、海で写真撮影をすると呼び出されたことも急に腑に落ちた。

「私を覚えていますか？」

海斗は大学在学中にミュージシャンとしてデビューした。中学生の時に家出をしたある一日の出来事がきっかけだ――「もちろんです」と海斗は頷いた。

「かつて私はミュージシャンとしての夢を諦めかけていました。だけど君の、眩しいぐらいの未来への希望を聞いて錆びついていた気持ちが少しずつほどけてきた。そして君が――」

要はそこで言葉を区切り、海斗を真っすぐに見た。間違いなく、あの日一緒の電車に乗り合わせた男性と同じ目だった。温かく、柔らかく、しかし静かに燃えているような。

「尊敬するアーティストとして私の名前を挙げてくれた。私は、顔も知られていない裏方だと思っていたから……本当に、本当に嬉しかった」

「では、あなたが要人、さん……？」

海斗は呆然とつぶやいた。憧れていた存在が、当時海斗の目の前にいたのだ。

そして五年の歳月を経て、今また海斗の目の前にいる。要は照れくさそうに頷いた。

「あの後すぐに一線を退くことを決めて、新しい才能を育てる側に回ることにしました。君のおかげで音楽を手放さずに済んだ……」

要は手を差し出した。海斗は数々の音を奏で続けたその手を、しっかりと取った。細いけれど、ゴツゴツとした温かい手だった。

「これから、それぞれ音楽の道を、一緒に歩んでいこう」

「はい」、と頷く自分の姿を海斗はどこかで予見していたような気がした。

「私は陰になり、君を支える。君は思いきり、光り輝くんだ。それが、私の選んだ道——私たちの終点は一緒だから」

電車で乗り合わせたあの日から変わらぬ笑顔で要は言う。

海斗と要は頷き合うと、海に向かって歩き出した。

その時、その場所で

那識あきら

少し雲が出てきたかな。土煙を上げて走り去っていく路線バスをたったひとりで見送ってから、私は西の空を見上げてそっと眉根を寄せた。時刻は午後五時前。夏至まで一箇月を切って日が長くなってきたのをいいことに、ここまで足を伸ばしたが、これは思ったよりも早く暗くなってしまうかもしれない。

片側一車線の国道の両側には、林を切り開いた畑が広がっている。バス停の脇に自動販売機があるほかは、遠くに民家がちらほら見えるだけ。街灯もほとんど無いとなると、まだ一応「若い女性」に分類されるだろう身としては、防犯上の不安もあると言えばある。しかしそれ以上に私が明るさを気にかけている理由は、いい写真が撮れるかどうか、ただその一点に尽きる。

愛用のカメラ一式抱えて始発の特急で東京を出て、筑波山（つくばさん）の西の麓にあるテーマパークで無事本日の仕事を終えた私は、まだ日も高いことだし、と、駅を挟んで丁度反対側にあるという廃駅に寄り道することにしたのだ。鉄道というものに特に興味があるわけではないが、駅の跡となると話は別。打ち捨てられたうら寂しい佇まいはどこか非現実的で、無性にロマンをかき立てられる。

それに。廃墟や遺構といったものは人気のある被写体なのだ。

カメラマンの端くれとして、私もWEB上にポートフォリオを作っている。趣味で撮影した作品を営業用の資料も兼ねて展示しているのだが、半年前に公開した廃校の写真は、SNSで紹介されて驚くほど沢山の「いいね」を貰ってしまった。先月の廃線跡の写真も好評だったとなれば、次なる遺構のモチーフを求めてバスに余分に三十分揺られることぐらい、どうってことはない。

どうってことはないけれども――。私は自分の手をじっと見つめた。

撮影機材の進化とともに、誰でも気軽に、そして上手に写真を撮ることができるようになった。それはとても良いことだと思う。しかし写真を仕事に選んだ自分にとっては、どこもかしこもライバルだらけということでもある。

プロの写真は、見れば見るほどその構図や技術に唸らされる。でも、それが一般の人々にきちんと評価されるかというと、難しいだろうな、なんて思ってしまう。持てる知識と経験を全て動員してf値（絞り値）を選び、シャッター速度を調整し、生データ（RAW）を自分で丹精込めてRAW現像（データ変換）したとしても、その技巧を真（しん）に理解してくれるのは、同業者や余程の趣味人ぐらいだろう。

人は、写真に写っているものを見る。レンズが捉えたその一瞬、そこに居合わせた幸運に感嘆する。その時その場所に存在した「いま（モーメント）」を記録するのに、プロも素人もない。それは私も重々解っている、つもりだ、が。

題材と機会で写真の価値が決まるのなら、プロとは一体なんなのだろう……。

スマホの地図で現在地を確認しながら、国道から脇道を下る。ひとけの無い林の中を二百メートルほど歩いたところで、単線の踏切跡が路面を横切っていた。遮断機も柵も残されておらず、レールも踏切部分を除いて撤去されている。在りし日の線路を追って右手を見れば、生い茂る草木に完全に埋もれてしまった切り通し。そして左手には、森の中へ伸びる細い砂利道と、その少し奥に、木々に呑み込まれつつあるプラットホームが見えた。

　十二年前までこの駅は人々の生活を支えていた。それが今は鬱蒼と茂る緑の中で、ただ朽ち果てるのを待つばかり。私はしんみりとした気分で、線路跡である砂利道を奥へと進んでいった。ホームが途切れるところまでゆっくり歩いて鞄を下ろし、さてどこからどう撮影しようか、とカメラを手に思案していると、後方で砂利を踏む音がした。

　反射的に振り返った先、高校生ぐらいの少女がひとり、スケッチブックを抱えて立っていた。ホッとすると同時に自分の慌てっぷりが少し恥ずかしくなって、私は大袈裟に「あー、びっくりした。驚かせないでよ」と息をついた。

　少女が、好奇心いっぱいな表情で私の手元を指さす。

「お姉さん、駅跡の写真撮りに来たの？　すごいね、そのカメラ。本格的」

「君は写生？　こんな森の中に女の子ひとりで危なくない？」

　カメラに続き三脚が鞄から出てくるのを見て、少女が「わお」と眉を上げた。

「お姉さん、国道から来たんでしょ。こっち側はちょっと行ったら普通に家が並んでるから『こんな森の中』ってほどじゃないよ。霞ケ浦もすぐそこだし」

なるほど、と相槌を打ちつつ、私は着々と撮影の手筈を整えていった。事前に調べておいた日没時刻まで二時間もない。木々の影は予想以上に深く、日も翳りがちなこともあり、手持ちは諦めて最初から三脚を使うことにする。

構図を探してうろつく私を、少女は興味深そうに見物していたが、やがて少し後ろにある手ごろな石に腰掛けて駅跡をスケッチし始めた。表現手段は違えど同じモチーフを選んだ彼女に、私はなんとなく親近感を抱いた。

風が木の葉を揺らす音が、あちらへこちらへと渦を巻く。まるで、時の流れに取り残された廃駅を慰めているかのごとく。この密やかなやり取りをシャッター音で乱してしまうのは少し申し訳ない気持ちになったけれど、私は胸いっぱいに息を吸い込んでから、祈るような心地でシャッターを切った。目の前に広がる光景だけではなく、風の声をも写し取るつもりで。

それなりの満足感とともに、ファインダーの向こうから意識を引っ張り戻す。肩と首をぐるりと回して大きく伸びをする。一息ついてお茶で喉を潤していると、写生の少女が傍に来て、「食べます？」とキャンディを一つくれた。飴ちゃん食べる？　と声をかけるのは年長者の役割では、と内心で苦笑しつつ私は「ありがと」と受け取った。生姜味ののど飴とは、また渋い趣味だ。

「お姉さんはカメラマン？」

「そうだよ」

「プロ？」と問われて頷けば、少女は少しだけ考え込んだのち、「いつカメラマンになろうと思った？　親は反対しなかった？」と矢継ぎ早に訊いてきた。

「私ね、絵を描くのが好きで。だから、美術系の大学に進みたいなって思ってるんだけど、親は『仕事を見つけるのに苦労するからやめとけ』って」

よくある話だな、と私はそっと溜め息を押し殺した。

「最初は反対されたよ。なんとか説得して専門学校に進んで、スタジオに就職して、今はフリーランス二年目で頑張ってるところ。親は未だに『写真なんかシャッター押したら誰にだって撮れるだろ』ってバカにしてくるけど」

真剣な顔で私の話を聞いていた少女が、一転ばつの悪そうな表情を浮かべる。

「あー、私もちょっと思ってた。誰でも撮れるんじゃないか、って」

「ごめんなさい」と身を縮こまらせる少女に、私は「いいよ」と笑ってみせた。

「オート機能があれば、何も知らなくてもそこそこの写真は撮れちゃうしね」

風が私達の間を走り抜けていく。少し遅れて、頭上の梢がざわざわと騒ぐ。

密度を増した雲に西日が遮られ、辺りはぐんと昏くなった。

「同じ美術部の子で、絵が無茶苦茶上手い子がいるんだ」

ぽつり、と少女が言葉を零した。独り言のように。

「美大志望で親も応援してるって。私もあの子ぐらい絵が上手だったら……」

少女の溜め息が、風に舞う。私は黙って話の続きを待った。

「あの子が描く絵は、あの子、って感じがする。あの子が見た世界。その時々で楽しい気持ちだったり、悲しい気持ちだったり、あの子が絵を通して語りかけてくるみたいで、本当に素敵な絵なんだよ」

足元の雑草を靴先で揺らして、そうして少女は勢いよく顔を上げた。

「でも私は、私の絵を見た人に私の気持ちを知ってほしいとは思わない」

少女は大きく両手を広げた。その強い眼差しを真っ向から受け、私は思わずぞくりと背筋を震わせた。

「鬱蒼とした森をくり抜く線路跡、線路跡の横に静かに横たわるホーム、ホームの上に押し寄せている木々、木々の隙間から僅かに見える石垣、石垣についた苔のしっとりとした緑、木の葉の少しくすんだ緑、日に透けた緑……」

私にだけではなくまるで世界に語りかけるかのように、少女は風景を詠み上げていった。翳り褪める薄暗い森の中、しかし彼女の言葉は時間を巻き戻し、くっきりと、鮮やかに、私の脳裏に先ほどまでの景色を浮かび上がらせる。

「この風景をそっくりそのまま伝えたい。なんならここで一緒にこの風景を見てほしいぐらい。でも、それじゃあダメだと先生は言う。見たままを描くだけなら写真と同じだ、あなたの伝えたいことは何ですか、って」

冴え渡る気配がみるみる萎(しな)びたかと思えば、少女は子供っぽい拗(す)ねた様子で唇を尖らせた。私は何故か少しだけホッとして、それから静かに深呼吸をした。少女の話を聞いて胸に湧き起こったこの感情を、言葉にしようと思ったのだ。

「私は……その逆かな。自分の感じたことをも写真で捕らえたい。風に揺れる木の葉を、刻一刻と移りゆく陽の光を、その瞬間の笑い顔を、すすり泣きしゃくりあげる肩を、――それらを見た時に私が抱(いだ)いたこの思いも」

言えば言うほど、自分が写真という表現に求めているものの大きさに気が遠くなる。自分の貪欲さに、そして道の遠さに、私はつい苦笑を浮かべた。

「私のほうこそ、絵を描かなきゃならないのかもね」

「動きとか音とか絵でも無理だよ。動画にしなきゃ」

　ユーチューバー最強じゃん、と笑う少女につられて私も笑っていた。ひとしきり笑って、揃って息をついて、ほぼ同時に互いに顔を見合わせた。

「なんで、写真じゃなきゃならなかったんだろう……」

　気がつけば私はそんなことを零していた。初対面の、しかも年下である高校生を前にして、なんだか恰好悪いなと思いつつも口が勝手に動いていた。

「中三の時だったな。塾の帰りに綺麗な満月を見て、思わずケータイのカメラで写真を撮ったんだけど、目で見た月はあんなに大きいのに、写真になったら米粒みたいに小さくって。どうやったら自分が見た景色をそのまま手元に置いておけるのか、って思ったっけ。あれが写真に嵌まったきっかけかも」

　あの時の小さな月の画像が私に突きつけてくるのは、思ったとおりの写真が撮れなかった悔しさと、その裏返しとも言える、記憶に残る月の美しさだ。

「私が見た、感じた、あの一瞬を、どうにかして写真の中に封じ込めたかった。私のものにしたかった。そのために技巧も学んだし、技術も磨いた……」

最後のほうは、もうほとんど独り言だったように思う。

少女は神妙な表情で黙って私に付き合ってくれていた。しばし風の音を聞いてから、彼女はついと空を――夕闇に沈む雲居を――見上げた。

「私だったら、絵に描くかなあ。見えたとおりに、大きな大きな満月を描くよ。だって、それが私の見たままの風景なんだもん」

と、そこまで語ったところで、少女は目を丸く見開いた。

「あれ？　これって結局、私が表現したいことは写真では無理、ってこと？」

戸惑う少女を見るうちに、微笑みが自然と浮かんでくる。私はそっと目を細め、少女と真正面から視線を合わせた。

「たぶんそれが『君が伝えたいこと』なんだと思うよ。君がどういうふうにその風景を見たか、ってこと。――他の誰でもなく、君が」

少女が、二度三度と目をしばたたかせる。

「もしかして私、ずっとその場でぐるぐる回ってた？」

「私もね」

そうして今度こそ心の底からふたりで笑い合った。

鴉（からす）の鳴き声が、木々の遠くへと飛んでゆく。私もそろそろ帰る準備をしなければ。名残惜しさを振り切るつもりで、私は少女に語りかけた。

「写真が必要なら私が撮るよ。この時この場所に存在した私にしか撮れないこの風景を。だから君は、君が見た風景を描いて」

少女はその瞳に強い光を浮かべて、大きく深く頷いた。

その時だ。なんの前触れもなく西の空が——雲が——切れた。

線路跡の続く先に、今まさに大地に沈みゆく太陽が見えた。一気に溢れ出した燃ゆる赤が、夕闇の満ちる切り通しを貫いて、砕石路盤（さいせきろばん）を染め上げ迫り来る。質量すら感じさせられる光の塊が、一直線に目の前のホームを通り過ぎていく。

考えるよりも早く私はカメラを向けていた。f値は8、シャッター速度は六十分の一秒。奇跡だ、と奥歯を噛みしめながら夢中でシャッターを切る。

　この季節の、この時刻、この細い切り通しと日没の方角が見事に重なるこのタイミングに、私がこの場所に居合わせた奇跡。まるで神様が祝福を授けてくれているかのように辺りに満ち溢れる金色（こんじき）の光の中で、私は息をするのも忘れて何枚も写真を撮った。小さな偶然を幾つも積み重ねて到達したこの光景。しかし無数の選択肢を経て「いま（モーメント）」を選び取ったのは紛れもなく自分だった。他の何ものでもない、この私が。

　題材と機会で写真の価値は決まる。それを摑むために、私はここに来た――。

　熾火（おきび）が灰に埋もれるように、夕日が木々の向こうへと吸い込まれていった。温かいものが頬をつたう感触で、私は自分が涙を流していることに気がついた。慌てて手の甲で雫を拭って傍らを振り返ると、少女もまた泣いていた。見開いた目に残照を映しながら、声もなくはらはらと。

五箇月後の十月下旬、あの時の少女からメールが届いた。県の総合文化祭に絵を出品するので見にきてほしい、ということだった。

十一月第一週の日曜日、私はメールで教えられた美術館を訪れた。『高等学校総合文化祭　絵画・デザイン・彫刻部門』と記された展示室の扉をくぐる。

作品に添えられたネームプレートを確認していくまでもなく、彼女の絵はすぐに探し出すことができた。そう、一目見て、分かった。

それは五十号カンバスの油彩だった。木立に囲まれた廃駅に、今まさに滑り込んでくる茜色の電車。あの日二人で見た暮れゆく夕日の、圧倒的な存在感が余すところなく描き出されていた。何度も丁寧に色を塗り重ねていったに違いない、絵の表面には筆の跡と、その筆を持つ彼女の気概までもが刻まれていた。

どれだけの時間、絵を見つめていただろうか。深く長い溜め息とともに私は現実に立ち返った。去り際に見たネームプレートには『この時、この場所で』という絵のタイトルが記されていた。

帰宅するなり私はＲＡＷ現像ソフトを立ち上げた。あの夕日があまりにも印象的で、どうしても手を入れることができずにいた五箇月前の写真の生データを読み込ませる。ディスプレイに映し出されたのは、少女が描いた絵よりも少しだけ角度が浅い廃れたホーム。その前を金色に輝く光の帯が、まるで列車のように通り過ぎていく。

あの少女と出会わなければ、おそらく私は日没を待たずに帰途についてしまっていただろう。そうなればこの光景と出会うこともなかったに違いない。

写真に写るのは私の軌跡。私が通ってきた道であり、私をかたちづくる全て。ならば持てる技巧全てを注いでその魅力を最大限に引き出そう。私のために。私の写真に価値を見出してくれる人のために。それがプロってものでしょう。

写真のタイトルはもう決めている。私は「あの時、あの場所で」と呟いてから現像作業にとりかかった。

今度の休み、どこへ行こうか

猫屋ちゃき

駅のホームのざわめきがいつもと少し違うなと感じて、今日が土曜であることに塚田花緒は気がついた。でも、それが多くの人にとって週末と呼ばれるものので、休日であることを思い出したのは、友達とはしゃいで電車を待つ女の子たちが視界に入ったからだ。花緒はもう長らく、そんなふうな休日を過ごしていない。休みの日は、休みらしい活動をしなければという焦りはあっても、寝たい以外に何かしたいという欲求が湧かなかった。

会社で寝泊まりする生活に慣れてしまうと、休日とは帰宅許可が出た日という認識でしかなくなっている。今週は珍しく、土日の両方とも家にいられることになった。でも、休み明けが八連勤であることを考えると、連休よりも八連勤の間に休みが欲しかった。

六月にもなると、日射しがもうかなり強かった。朝の太陽と元気な女の子たちの姿が目に刺さるような気がして、耐えられなくなりギュッと目を閉じた。

花緒にだって学生の頃があって、あの女の子たちのように毎日が楽しかった。

何も怖いことなんてないみたいな気分で、いつだって最高で最強で。どこにでも行くことができる、そんな日々が永遠に続くのだと信じていた。それなのに働き始めて三年で、ずいぶん遠くへ来てしまった気がする。どこへもたどり着けずに同じ場所でずっと足踏みしているような気もする。

（とりあえず家に帰ったらシャワーを浴びて、寝て、起きてお腹空いたら適当に食べて、洗濯して……日曜は、どっかに行かなきゃかな）

こんなときに、行きたい場所が頭に浮かばない。デザイン会社勤務という仕事柄、新しいことには敏感でなくてはとかつては張り切っていたが、今ではそんな気力もない。誰かを誘おうと考えても、誰の顔も思い浮かばなかった。学生時代の友人とは忙しい日々の中で疎遠になってしまったし、恋人とは大学卒業と同時に別れていた。夢を叶えたはずなのに、今の花緒に残っているのは疲れ果てた心と身体だけだった。

（……やっぱり、どこにも出かけたくない。寝たい。でも、寝て起きたらまた会社に行かなくちゃいけない。それなら……）

ずっと目が覚めなければいいのになんてことを考えたとき、目の前を特快電車が通り過ぎていった。風が、少し汗ばんだ髪を猛然と揺らす。この風の中に飛び込めばあらゆる不快と不安から解放されるのではと、唐突にひらめき、一歩二歩とホームの端に近づいていったとき。不意に肩を叩かれた。

「塚田さん？　塚田さんだよね？」

「え、ええ……そうですけど」

振り返ると、そこにはひとりの女性が立っていた。自分と歳が変わらないということしかわからない、見知らぬ人だ。でも、相手は花緒を見て笑顔になっている。花緒が怪訝そうにしていると、急に相手は慌てだした。

「久しぶり！　私、田所紗千香。高校二年と三年のとき、同じクラスだった」

「え、ああ……久しぶり」

少し考えて、その名前を思い出した。

「田所さんかぁ……すごい、大人っぽくなっててわかんなかった」

確かに知っている名前だったが、髪をきれいに染めて、メイクもして、明るくおしゃれをしている目の前の紗千香は、花緒の知っている彼女ではなかった。高校時代の紗千香は、おとなしくて、控えめで、目立たない生徒だったから。接点がなかったとは言わないけれど、こんなふうに懐かしそうに声をかけられる間柄でもなかったはずだ。それなのにどうしてこんなに親しげに声をかけてきたのだろう……と花緒は思ってしまう。

「あのさ、塚田さんは今からお仕事？」

身ぎれいにして楽しげな様子の紗千香を前にして、どす黒い感情が湧き出しかけた。「そっちはお休み？　楽しそうでいいね」なんて言ってしまったら、あまりの惨めさに落ち込みそうだ。

「え……ううん。今からようやく帰るところ」

平静を装ってそう返すと、紗千香はあからさまにほっとした顔になった。

「そっか、お疲れ様！　よかったらなんだけど、今からうちに来ない？　あの……懐かしいから、もっと話したい」

「……いいけど。田所さんの家って近く？」

「と、とりあえず電車に乗ろう！」

「えっ……ちょ、ちょっと！」

花緒が承諾するや否や、紗千香はその手を取って、反対のホームにちょうどやってきた電車に乗ってしまった。こんな強引な人物だなんて、高校時代は知らなかった。どちらかといえば、他人に遠慮がなかったのは花緒のほうだったはずだ。あの頃、花緒の周りには常に友人がいて、世渡りがうまくて、人の輪の中心にいつだっていられたから。無敵状態で、ともすれば鼻持ちならない女子だった花緒。反対に真面目で人の顔色を懸命に窺っているようなおとなしい紗千香。再会しても、それを喜んでもらえるような繋がりはなかったと思う。

「私は電車通学で、塚田さんは徒歩通学だったから、朝会ったり一緒に帰ったりとかなかったよね」

　二人で並んで座席に着いていて、紗千香は嬉しそうにしていた。はしゃいでいる。楽しくて仕方がないように見える。

「そうだっけ？　全然覚えてないや。……卒業して、七年経つんだもんね」

　こうして並ぶと、自分と紗千香の七年間は全く違った時間が流れているのを強く感じる。成長してきれいになって、充実している様子の紗千香の隣にいるのが、何だか恥ずかしくなった。結婚していないかとふと気になって左手の薬指を確認してほっとしたものの、きっと恋人くらいいるだろう。そんなことを考えるのもまた、自分がつまらない生活を送っている証拠に思えて嫌だった。

「お疲れだね。土曜のこんな時間に帰りってことは、かなり忙しいんだね」

　花緒の受け応えが芳しくないことに気づいて、紗千香が心配そうに尋ねた。

　これが同僚や同業者が相手なら、忙しさ自慢や睡眠時間の短さを自虐を交えて披露するのだけれど、人生が豊かで充実していそうな人にはなにも言う気になれなかった。そんなの、あまりにださくて恥ずかしすぎる。

「ちょっと最近、忙しいのが続いてただけかな。いつもはそんなこと、ないんだけど。……田所さんは、何の仕事してるの？」

少し見栄を張ってから、紗千香に水を向けてみた。高校生の頃で彼女に関する記憶が止まっているから、今どんなふうに過ごしているのか気になった。

「私、イラストレーターしてるの。最近になってやっと、本の装画の仕事とかも少しずついただけるようになって」

「そうなんだ。素敵だね」

嬉しそうに少しはにかみながら言う紗千香を見て、花緒は純粋にそう思った。

紗千香は、夢を叶えてキラキラしている。花緒は憧れのデザイン業界に就職したはずなのに、こんなに疲れ果てている。

そんなことを考えたら、より一層身体の力が抜けてしまった。猛烈な疲れに襲われて、花緒は一瞬意識を失いかけた。ガクンと身体が傾いて、紗千香の肩に頭が触れ、そのまま体を傾けた。

「塚田さん、すごくきつそうだね。寝てていいよ。私、起きてるから」

花緒の頭をポンポンと受け止めて、紗千香が言った。ここ最近身近な人からは聞いていない、優しい声だ。電車の心地よい揺れと紗千香の柔らかな雰囲気によって、花緒の眠気は極限に達した。そして、呆気なく意識は途切れた。


ハッと唐突に目が覚め、まだ電車の中にいるということはわかったけれど、窓の外の景色が全く知らないものになっていて花緒は焦る。

「……ここどこ⁉」

隣を見れば、見知らぬ女性がいる。その女性が高校時代の同級生だと思い出す頃には、自分がなぜ彼女と一緒にいるのかも、車窓の景色が見慣れないものである理由も思い出していた。でも気になるのは、隣に座る紗千香が何となく困った顔をしていることだ。

「……この電車、どこに向かってるの？　今、どのへん？」

「知らない」

「え⁉　……ちょっと待ってよ」

まさか騙されたのか、これから大変なことが起こるのかと焦る花緒に、紗千香も慌てて言った。

「ち、違うの。あのね……適当な電車に乗って知らないところまで行くのは、高校生の頃の私の、逃避方法だったんだ。ホームにいる塚田さんを見たら、助けなきゃって思って……それで、とっさに引っ張って来ちゃったんだけど」

あたふたしながら、紗千香は懸命に言葉を探しているようだった。彼女の慌てようを見ていて、花緒は逆に冷静になってきた。何をそんなに慌てる必要があるのかという気分になる。そのくらい、紗千香は必死だった。

「逃避方法って……それに、助けなきゃって、何から？」

思いのほか声が冷たくなってしまったのに気づいたが、吐いた言葉は戻らない。紗千香はあきらかに狼狽していた。乗っている電車が空いていて、周囲に人があまりいないのが救いだ。そうでなければ、花緒が紗千香をいじめているみたいに思われたかもしれない。

「……塚田さん、死んじゃいそうだったから。あのとき、変な動きしてる人がいるなって気づいて見たら塚田さんで、そしたら助けなきゃって思ったの。人違いだったとしても、放っておけなかったから」

言いながら、紗千香は涼しげなダブルガーゼのワンピースの裾をギュッと握りしめていた。まるで自分も苦しんでいるみたいに。そんな姿を見たら胸が痛むと同時に、ちょっぴり苛立ってしまった。

「別に……死のうとなんてしてなかったし。それに、助けてもらう義理なんてないよ。私たち、ただの元同級生でしょ」

「塚田さんにとってはそうかもしれないけど、私にとってはそうじゃないの。塚田さんは、私の恩人だから、いつか恩を返せたらなってずっと思ってた」

冷たく突き放したのに、紗千香は何とか理解してもらおうとするかのように丁寧に言った。

「私、高校生の頃、どこにも居場所がないような気がしてて、息が苦しくて、たまに適当に電車に乗ってどこか知らないところに行って気晴らししないと心が破裂しそうだったの。そんなときにね、塚田さんが声かけてくれたんだよ」

何かを決意したように、真剣な顔で紗千香は言った。花緒は記憶にないことだ。でも、紗千香にとってこの告白が、誰にも見せずに宝箱にしまっていたものを初めて人に見せるような気分なのは伝わってきた。

「あるときね、私が休み時間にノートの隅に落書きしてるの見つけて、塚田さん言ったの。『田所さん、絵うまいんだね。プロになれそう』って。それで他の人も見に来て、みんな褒めてくれて、文化祭のクラスの出し物のポスターは私が描くことになってからね、周りとの関わり方を見つけられたの。褒めてもらったのが嬉しくて、ネット上に絵をあげるようになって、大学を卒業する頃にはそれが仕事に繋がるようになったんだ。全部、塚田さんのおかげ」

紗千香のキラキラした目にまっすぐ見つめられて、花緒は何も言えなくなった。当時の花緒にとっては善行のつもりでも何でもなくて、ただ興味があったから声をかけたにすぎないのだろう。けれど、紗千香にとってはその出来事はとても重大だったようだ。眩しそうにこちらを見つめる目を見ればわかる。

「塚田さんにとっては何でもないことだったんだろうけど、私にとってはすごく大事なことなんだ。あの日まで、私は自分の姿は他の人に見えてないんじゃないかって思ってたから、声をかけてもらったことで、自分はちゃんと人の目に映ってるのがわかったし、そこにいてもいいんだって思えたんだよ。ありがとう。塚田さんがいてくれてよかった」

お礼を言われて、花緒の胸はキュッと苦しくなった。それは不快な感覚ではなくて、きれいなものを見たり懐かしいと感じたりするときのものに似ている。

「そんなことで、お礼なんて」と言いかけて、涙が出てきてしまってやめた。

お礼を言われるようなことではないと思うものの、「ありがとう」と言われたことで、心のどこかが楽になったのに気がついた。誰かに肯定されることがこんなにも救いになるということを、今実感を持って理解した。だから、高校時代の紗千香が嬉しかったという気持ちも、痛いくらいわかった。

「こちらこそ、ありがとう。正直言うと、結構追い詰められてたみたい。久しぶりに会った田所さんに見抜かれたのは恥ずかしいけど、助かりました」

指先で涙を拭うと、紗千香が笑顔でハンカチを差し出してきた。手持ちのハンカチはあまり清潔ではない状態なのを思い出して、ありがたく受け取る。

「……それにしても、気晴らしの方法が知らない電車に乗るって……」

感謝しつつも半分呆れて窓の外を見ると、いつの間にか電車は緑豊かな場所を走っていた。花緒が暮らす雑然とした住宅地とはまるで違う景色だ。

「ごめんなさい。でも、あの……線路は繋がってるから、ちゃんと帰れるよ」

「そりゃそうだろうけど……」

旧友を気晴らしに誘うのに適当な電車に飛び乗るしか選択肢がないあたり、大人になったように見えてもまだ少し子供っぽいのだなと、花緒は紗千香が心配になるが、その不器用さが好ましかったのだと高校時代のことを思い出した。

「あ、海！　見て、海だよ！」

さてどうしようかとぼんやり車窓の向こうを見ていると、視界が開けたところで海が現れて、花緒は興奮した。日頃は電車に乗っても町中を走るばかりで、緑も海も、かなり久しぶりに見た気がする。

「次、降りる？」

「え……降りてどうすんの？」

「もう暑いから、水遊びするとか……？」

花緒が喜んだからか、紗千香が思いきったように提案してきた。言われた花緒も戸惑ったけれど言った本人もそうらしく、どうしようかと顔を見合わせた。悩んでいるうちに電車は見知らぬ駅に到着し、決断を促すようにドアが開いた。

「行こうか！」

ここで降りなきゃどうするんだと、花緒は何かに突き動かされて紗千香の手を取った。海に向かって走っているだけで、解放感がすごくあった。

「どこにも行けないって思ってたんだけど、そんなことなかったんだねー」

走りながら、花緒は叫んでいた。気分は、かつての最高で最強な女の子だ。

「そうだよ！　歩いてでも、電車に乗ってでも、どこにでも行けるんだよ！」

少し後ろを何とかついてくる紗千香も、そんなふうに叫び返してきた。彼女は笑顔で、花緒は自分も笑っているのがわかった。

「ねぇ、近いうちにさ、どっかに行こうよ。電車で旅行」

思いつくがままに花緒は言っていた。やりたいことができた。誘いたい相手ができた。それがとても素敵なことに思えたから。

空のメモ

浜野稚子

快速急行の最後尾車両停車位置は、改札とホームをつなぐ階段の裏側にあり通勤通学時でも人が少ない。平日の朝、小畑葵(おばたあおい)は階段の陰に隠れるようにしてここで電車を待つ。今日は月曜日だ。気が重い葵の一週間が始まる。

ホームの真ん中辺りにA高へ進学した中学の同級生たちの姿が見える。「受験が終わったら思い切り遊ぼう」なんて彼女たちと無邪気に話していたのはつい二、三か月前だ。いろんなことを我慢して必死に勉強した。報われない努力があることを、その時の葵はまだ知らなかった。

A高の制服の胸のリボンは初夏の日差しの中で蝶の羽みたいに揺れた。まさか自分だけが落ちるとは。知った顔がこちらを向きそうになって、葵は階段の壁際に隠れる。

制服は残酷だ。一瞥で葵とA高生を区別させる。似たような紺のブレザーでもリボンと胸のエンブレムが違う。葵は長い髪で胸元を隠すようにうつむく。

「電車が参ります」というアナウンスの後、あずき色の車体が風を鳴らしてホームに入ってくる。葵の前に最後尾十両目の車両が到着した。電車はプシューッとため息みたいな音をたてて扉を開き乗客を吐き出す。

毎朝同じ時間の通勤通学電車、最後尾車両に乗り降りする顔触れはだいたい同じだ。私立大学付属小学校の制服を着た女の子がひとりいつもここで電車を降りる。電車通学を始めたばかりの一年生だろう。サイズが大きい赤茶色のベレー帽を頭に載せている。緊張に頬をこわばらせ、大人の胸の高さにも満たない小さな体で人の群れの中を歩く。混んだ電車にもまれて大変だと同情する一方で、エスカレーター式の恵まれた進路を葵は羨ましく思う。挫折を知らない子供。そんな意地悪な言葉が頭に浮かぶ。葵は降車する女の子と無言ですれ違い、電車に乗り込んだ。

左右の窓を背にして置かれた緑のシートに空きはなく、満員とまではいかないまでも車内はそこそこ混雑している。乗務員室のガラス戸にもたれる長身の会社員、ギターケースを抱えた中年男性、スマホゲームに夢中な若い女性、よく見かける乗客が乗り込んでいた。葵も定位置のようになっている乗降口とシートの間に身を寄せる。ピィッと笛が鳴り、電車が動き出す。

　この車両には制服姿の高校生が少ない。いつもいるのは葵と車両の中ごろに立っている小柄な男子高校生くらいだ。彼のグレージャケットは葵の知らない制服だった。遠くの学校だろうか。女の子と見紛うかわいらしい顔つき、おとなしい雰囲気は賢そうに見える。偏差値レベルはどのぐらいかと無意識に目星をつけ、制服で判断できないもどかしさを感じている自分に落胆する。受験失敗のコンプレックスで葵は誰よりも偏差値や学校名に囚われていた。

　深く息をついて壁に身をもたせ掛け、葵は窓枠と座席の背もたれの間に小さな紙切れが挟まっているのに気付く。手に取って見ると無造作にちぎられたリングノートの欠片だった。

『がんばて　空』

　拙い鉛筆の文字が罫線をはみ出して並ぶ。字を覚えたての子供が書いたものだろう。促音の『つ』が忘れられていた。『空』は名前か。筆圧の強い文字から懸命さが伝わり、葵は思わず頰を緩めた。『空』という子供が子供なりに誰かを励まそうと書いたに違いない。ふとさっき降りていったベレー帽の女の子を思い出す。

希望校へ行けず内にこもりがちの葵は、通う高校に馴染めずにいる。今日は宿泊研修の班を決めるホームルームがあるのでいつも以上に憂鬱だった。『がんばて』という幼いエールが心に染みる。少し頑張ってクラスメイトに声をかけてみようか。『空』に背中を押された気がした。

はたしてベレー帽の女の子が『空』なのか。短い乗降時間に確かめる余裕はなく、翌日の火曜日も葵は黙って女の子とすれ違った。何気なく車窓に目をやると、座席の背もたれと窓枠の隙間に昨日と同様にメモが挟まれていた。葵の心は高鳴る。それをつまみ上げ壁に寄って手のひらの上でそっとメモを開く。

『いいヒニナリアス　空』

カタカナが交じっている。『マ』が『ア』になる初心者らしい間違いが微笑ましい。『なりますように』ではなく『なります』と断言しているのが心強かった。葵は『がんばて』のメモに二枚目のメモを重ね、カバンにしまう。

水曜日に葵が新たなメモを手にしたとき、ホームから窓越しにこちらをうかがう視線を感じた。目が合う前に逃げられたが、ベレー帽の後ろ姿が見えた。やはりあの子が『空』だ。いたずらに置いたメモを誰かが受け取って読んでいるのか知りたかったに違いない。メモの文面は『テストヤダ　空』だった。

葵がメモを手に取るのを見たはずなのに、木曜日も『空』は特別な反応を見せなかった。視線を合わせてはにかむくらいしてもいいのに。偏屈な子だと思えば、『じキたなくてごれん　空』と字の汚さを詫びるようなメモが挟まっている。ちぐはぐな『空』の印象は不安定な葵の心に重なり、妙な連帯感を持った。

『空』が書く『く』の字は鏡文字で、『ごめん』が『ごれん』になっている。文字の習得にかなり苦戦しているのか、形が崩れすぎて読めない字も多い。読み書きは繰り返しの練習で定着する。大学付属の小学校へ通う子供だって努力しなければ簡単に書けるようにならない。

「がんばて　空」葵は『空』の最初のメモを『空』のために読み返す。

金曜日のメモは書き直しのし過ぎで紙が真っ黒になっていた。

『アシタヤスミ　タノシイトイナ　空』

たぶん正しくは、「明日休み　楽しいといいな」だろう。試行錯誤してこの文面に落ち着いたようだ。この一週間、『空のメモ』に癒されて葵の気持ちは穏やかだった。学校でも友達と少しずつ話せるようになっている。来週『空』がまたメモをくれたら、返事を書いてみようと思う。

週明け初日は雨だった。葵はホームのエレベーターの脇で濡れた傘の水気を払ってたたむ。『空』はいつも通り姿を見せた。今日もメモがあるのかが気になって、降車する人が降り切っていないのに葵はフライング気味に電車に乗り込んだ。目視でメモを確認すると同時に、ベンチシート横に立てかけられたピンク色の子供の傘を見つけた。『空』の傘だろう。葵はピンク色の傘の柄を摑み、人をかき分け乗降口から半身を外へ乗り出して叫んだ。

「空（そら）ちゃん」

周りの人が一斉に葵を見た。ホームの屋根と電車の間に雨が落ちて葵の髪を濡らす。『空』は五、六メートル離れたところから葵の方を見ていた。葵の挙げた子供用の傘を見て、「傘忘れたんじゃないの？」と誰かが『空』に声をかける。取りに行くよう促され、『空』は何とも言えぬ困り顔でおずおずと葵に近づく。

「この傘、あなたのでしょ？」

『空』のはっきりしない態度を不審に思い、葵は手にしたピンクの傘を見直す。

「あ……」柄の内側の名前シールには『大西（おおにし）カリン』とある。女の子は『空』ではなかった。別の名前で呼びかけられて戸惑っていたのだ。『空』ではなく『カリン』は、握力の緩んだ葵の手から傘を取ると小さくお辞儀をして去って行く。

葵は呆（ほう）けて立ちすくむ。車掌の笛に意識を奮い起こされ、葵はのろのろと車内に戻った。葵の定位置には別の人がいた。葵はその人の背中越しに窓枠へ手を伸ばし『空』のメモを抜き取る。『空がなくてことばキライ　空』
『空がなくて』とはどういう意味だ。ここにメモがあるということはどこかに本物の『空』がいる。誰かが女の子になりすまして葵を騙し笑っていたのか。車内を振り返り葵は気づいた。グレージャケットが見当たらない。
葵は人の間を縫って歩き始め、車両の連結部を越えて前の車両に移る。次の車両、その次と車両を移動するごとに騙されていたことへの怒りが強くなる。
四つめ車両に移ったところで、「葵」と呼び止められた。A高の制服を着たかつての同級生三人だった。彼女たちと同じ電車に乗っていることを葵は忘れていた。怒りで火照っていた体が急に冷えて葵は身を縮める。「久しぶり」と微笑む三人の顔には葵に気をつかう気色がにじむ。胸の奥がひりつき葵の笑顔は引きつった。気まずい沈黙が起きる。合格発表の日の惨めさと悔しさが葵の中に蘇った。心が乱れて足がすくみそうになったとき、葵は連結部の窓の向こう側にグレージャケットを見つけた。

「あの、友達が待ってるから……、私行くね」

「じゃあまたね、葵」と言う声はホッとしているように聞こえる。葵は急いでいる体裁を繕い、後ろ手で手を振りその場を離れた。彼女たちは悪くない。だから余計に卑屈に歪んだ自分が情けなかった。

鬱屈した思いが膨らんで『空』に向かう。連結部のドアを開けて、葵はついに『空』にたどり着く。優先座席前のつり革につかまる体は背丈が葵と同じくらいで華奢だ。葵を見て見開いた二重の目がキョトンとした表情を作る。

「あなたが『空』なの？」

葵が押し殺した声で聞くと相手はあっさり「うん」とうなずく。葵の名前を尋ねようとしている気配は無視する。

「なんで私を騙したの？」

「騙したつもりはないよ。……あなたは、あの女の子を俺だと思ってたんだね」

葵が名乗らなかったせいか、『あなた』が強めに発声されたように聞こえた。

「じゃあ、なんで逃げたの？　逃げたってことは後ろめたいからでしょう？　あなたのせいで私は」

会いたくない人たちに会ってしまったと声を荒らげそうになる。優先座席で目を閉じていた初老の男性が一瞬薄く目を開いた。

「……後ろめたいってどういう意味だっけ？」

「バカにしてるの？」

「違うよ。あなたが女の子に向かって俺の名前を叫んだから驚いて、つい反射的に逃げちゃったんだ。ごめん」

「それならなんでわざわざ子供みたいな字を書いたの？」

「わざわざじゃない。あれが俺の字」

空は飄々としていてとらえどころがない。

「ふざけないで。わざと『頑張って』の小さい『つ』を抜いたりして」

葵はカバンの中から六枚のメモを出した。空は首を傾げ、「小さい『つ』って何だっけ？」ととぼける。葵は眉間に深く皺を寄せた。

「普通に日本語話してるならわかるでしょ。これは何？　意味がわからない」

今日のメモを空に突きつける。

「俺、普通じゃないから」

空は電車の揺れを気にしながらつり革から手を放し、背中の黒いリュックを前に回す。リュックから空が出したのはボロボロの五十音表とリングノートだった。「ほら」と見せられたノートにはあの拙い字が散らばっている。間違いなくこの人が本物の『空』だ。今さらそれがどうした、と葵は空を睨む。

「俺、書けないんだ」

「え？」両眉が上がり、葵の尖った視線は一瞬にして丸くなる。「どうして？」

「そういう障がいなんだ。読み書きができない。読むのはもうちょっとマシなんだけど書くのは全然ダメ。手本を真似して書いて、やっとこれ」

「練習しても」これなの？　と言いかけて葵は口をつぐむ。

「形が覚えられなくて。どんなに練習してもちゃんと書けるようにはならない。これは、『空が泣くって言葉嫌い』って書いたつもりだけど……。雨が降ること、そういう風に言ったりするでしょ？　……読めない？」

すまなそうに空はメモを指さす。葵は『空のメモ』を両手に包んで自分の胸元に引き寄せた。視線を空から逸らしてさまよわせる。

「ごめんなさい、私……」

「いや、悪いのは俺の字だから。ごめんね。その字のせいで子供のころよく泣いたんだ、俺。頑張ってるつもりなのにぜんぜん書けるようにならないし、真面目にやってもふざけるなって叱られるし、悔しかった。紙が涙で破れてさ」

ああ、だから空が泣くって言葉が嫌いなのか。

小学校低学年用と書かれた空の五十音表には、濡れてふやけた跡がたくさんついている。努力しても書けない焦りや苛立ちはどれほどだろう。泣きながら字を書いては消して練習する子供の頃の空を想像すると切ない。空に対する自分の態度を思い出し、いたたまれなさに葵の目の縁がじんわりと熱くなる。

「タブレット使って授業受けられる高校が探せたから今はもう大丈夫なんだ」

空は葵の気持ちを汲んだのか軽い口調で言って、ノートと五十音表を入れたリュックを背負い直す。葵は『空のメモ』をブレザーのポケットにしまった。

「その手紙、最初はあなたに書いたわけじゃないんだ」と葵のポケットを見て空が言う。空はあの短い文章を手紙と呼んだ。

「あの小学生の女の子。いつも不安そうにしてるから励まそうと思って。でも知らない人に突然紙切れ渡されて気持ち悪かったんだろうね。あの子はそれを置いて電車を降りちゃって、その後あなたが拾った。俺の手紙を読んであなたが笑ったように見えてなんかうれしくなって、次の日も窓のところに俺が紙を挟んだ。あの子はいつも俺のすることを不思議そうに見てたよ」

それでカリンがホームから葵をうかがっていたのかと合点がいく。

「あなたを騙そうとしたわけじゃないんだけど、ごめんね」

　葵は首を振る。拾ったあの時の葵には、誰が書いたものかは重要ではなかった。『空のメモ』には葵を、誰かを、励ます優しさが十分感じられた。

「私が勝手に勘違いしただけだから……ごめんなさい。ありがとう。あなたのあの字だったから、私、素直に優しさだと思って読めて、励まされたの。私ね、ダメだったんだ」

　涙が落ちないように上向き加減にはぁっと息を吐き、続ける。

「第一希望の高校に落ちてからずっといじけてて。何をしても受験の失敗のことばっかり思い出して先に進めなかった。努力が無駄になることがあるって知って、何もかもが嫌になっちゃって、頑張るのが怖くなった。イライラして、誰とも話したくなくて、笑えなくて……」

　電車の揺れで葵の瞳にたまっていた涙が床に落ちた。空は一瞬足元に視線をやってすぐに正面に顔を起こし、まっすぐ窓の方を見て言う。

「頑張ってもできないことがあるって、知ってる方がいいと思うよ。諦めるのがうまくなる。できないことを悔しがって進めなくなるより、頑張ればできることを探して頑張った方がいいでしょ？　越えられない壁の前で長く立ち止まってるのは時間がもったいないよ。俺はもう字が書けないことでは泣いてない」

葵は窓ガラスに映った空の目と視線を合わせ、首を縦に振る。

「あのさ、明日から手紙は書かなくていい？　あれすごい時間かかるんだ。ホントいうと、俺の手紙を受け取ったあなたがどんな顔するかこっそり見るのが楽しみで書いてた。いつも怒ったような顔してるけどちゃんと笑うんだなって観察してた。後ろめたいっていえば後ろめたいかなと思って、さっき聞かれたとき返事に困ったんだよね」

悪戯っぽく空が笑う。自分はどれほど恐い顔をしていたのか。なんだかおかしくなって、葵は噴き出した。

車窓の向こうに広い空が広がる。雨はもうやんでいた。

虹色電鉄

迎ラミン

あっ、と思ったときにはもう身体が動いていた。

通常よりやや短い八両で編成された、準急新宿（しんじゅく）行きの始発駅。最後尾の車両と列車止めに挟まれた空間に向かって、黒いバッグをたすきがけにしたパーカー姿が前のめりになってゆく。

開いたままの乗務員ドアから、内清也（うちせいや）は駆け出した。

「危ない‼」

不幸中の幸いというべきか、さほど遠くない車掌室からだったこともあって、なんとか間に合った。線路に落ちかけた男性を抱き止めた若い車掌の姿に、気づいたお客さんたちから小さな拍手が起こる。

「ありがとうございます」

腕のなかから聞こえた声で、清也は我に返った。助けた乗客をずっと抱えたままだった。

「あ、すみません。大丈夫ですか？」

「はい、ありがとうございます。助かりました」

清也が身体を離すと、乗客は乱れた黒髪を直すこともせず、真っ先にぺこりと頭を下げてきた。自分と同世代の、社会人二、三年目といった感じの男性だ。身長はやや小柄だが、切れ長の目が印象的な整ったルックスをしている。かけている位置が少しずれたスポーツバッグの側面に、本人の名前らしき《ＨＡＮＥＤＡ》というアルファベットの刺繡が見えた。

ああ、と清也は思い出した。ダンス部だった学生時代、ポケットが沢山ついたよく似たバッグを持つ同級生に、捻った足を応急処置してもらったことがある。『トレーナー同好会』所属だった彼女は、そのままプロのアスレティック・トレーナーとなって活躍中だ。この人も同じような仕事なのかもしれない。

「トレーナーバッグも、ご無事ですよね？」

「あ、はい。ありがとうございます」

トレーナーバッグというものを知っていることに、少し驚いた様子を見せた男性は、けれどもすぐに笑みを浮かべて、もう一度大きく頭を下げてから列車の前方へと去って行った。

さて、と。

自身も笑顔で男性を見送った後、清也は表情を引き締めてふたたび列車止めの方に向き直った。発車までまだ時間がある。垂れ目で威厳のない顔だというのは自覚しているが、なんにせよ、あらためて厳しく言っておかなければ。

「すみません、皆さん。アナウンスやポスターでもお願いしていますが、撮影は他のお客様や運行の迷惑にならないよう、ルールを守って行ってください」

清也が呼びかけたのは列車の写真を撮る鉄道マニア、いわゆる「撮り鉄」の一団だった。年度が替わったこともあってか、都内と神奈川(かながわ)県を結ぶこの『しおさい急行電鉄』、通称「シオキュー」の各駅でも最近ますます増えてきた。その多くはホームの両端で撮影に勤(いそ)しんでいるだけだが、残念ながら立ち入り禁止区域に侵入したり、他の利用客に迷惑を及ぼす者も少数ながら存在する。

好きな車両を格好良く撮りたい、という気持ちはわかる。清也自身、彼らほどのマニアではないにしても、やはり電車が好きでシオキューに就職した身だ。けれどもそれが、無関係な人を危険に晒していい理由には決してならない。

「今のお客様がホームから落ちそうになったのも、皆さんの誰かがぶつかったからですよね？」

さっきもそういうことだった。下手をすればあのトレーナーさんは、大けがどころじゃ済まなかったかもしれない。

この人か、隣のキャップを被ってる人、どっちかだったよね。

目撃した瞬間を脳裏に呼び起こした清也が、犯人を特定してさらに厳しく説教しようと視線を巡らせたとき。

「ち、ちげーよ！」

「俺らじゃないっすよ！」

その容疑者たちが、自分から声をあげた。しかも。

「車掌さんがいきなり、あの人に抱きついたんじゃないっすか！」

「そうだ！　男同士なのにガシッて！　もろに」

あろうことか二人は、逆にこちらへ濡れ衣を着せようとまでしはじめた。

「はあ⁉」

思わず素の反応をする清也をよそに、容疑者コンビは「こ、ここに証拠写真もあるっすよ！」などと、罪を逃れるため必死にわめき続けている。トレーナーさんが助かった瞬間を、自慢のデジカメで咄嗟に撮影したのだろう。

アホじゃないの、と清也は呆れたが、事態はまさかの方向へ転がる羽目になった。とりあえずその場は注意だけに留めたものの、それすらも気に食わなかったのか、同じ日の夜、彼らが件の写真を《シオキューの車掌が、いきなり客に抱きついてビビった。欲求不満のゲイかｗｗｗ》などというキャプション付きで、ＳＮＳにアップしたのである。

全世界に張り巡らされたSNSの拡散力は凄まじい。そのうえ、たまたまだろうが角度的に清也が「抱き止めた」のではなく、本当に「抱きついた」ように見える写真だったため、シオキューの公式アカウントやウェブサイトには、瞬く間に非難のコメントが殺到した。なかには清也の行動に対してというよりも、同性愛者を攻撃することこそが目的のような、酷いものもあったらしい。

また、発生時刻が通勤・通学の時間帯を過ぎた、午前十時半というのも間が悪かった。数少ない目撃者が「これ、濡れ衣です！」「むしろこの車掌さん、オタに押された人を助けたんだよ」といった真実を伝えてはくれた。しかしその書き込みのほとんどが、数ではるかに上回る誤解したコメントに埋もれて、タイムラインの彼方へと流されてしまったのだ。

数日後。それでも防犯カメラの映像などから、なんとか無実が証明されたものの（結局、あの二人が同時にトレーナーさんにぶつかっていた）、なぜか清也は西新宿にある本社ビルに呼び出された。

以前から清也とは折り合いが悪い、頭の禿げ上がった人事部長が、わざとらしい同情の声とともに一枚の紙を差し出してくる。

「今回は災難だったね。ただ、なんというか……君自身も、そう思われるような言動が重なってたんじゃないかな。いずれにせよ、ほとぼりが冷めるまでシオキューの仕事からは、離れた方がいいだろうという判断になったんだ」

渡された紙は、電車とはまったく無関係の、飲料品を取り扱う子会社への出向辞令だった。

＊＊＊

しおさい急行電鉄乗務員としての清也の最終勤務日は、事件から二週間ほど経った平日だった。最後に乗務する列車は時間こそ違えど、あのときと同じ駅から出るやはり八両編成の新宿行き。ただし準急ではなく各駅停車なのは、清也ができるだけ長い時間乗務できるようにと、気を利かせた同僚たちがわざわざシフトを代わってくれたからだ。温かい心遣いに、清也は胸が一杯になった。

あれ？　と思ったのは、列車が始発駅を抜ける直前のことだった。

「Jリーグ、ある日だっけ？」

つい声も出た。遠ざかるホームの先頭で、なぜか三人の撮り鉄が三人とも、そっくりのタオルマフラーを頭上に広げている。けれどもマフラーの柄は知らないものだ。シオキューも沿線のチーム『湘南（しょうなん）パイレーツ』のスポンサーではあるが、黄緑と青のパイレーツカラーとは明らかに違う。

それに、なんかずーっとこっちを見てたような……。

とはいえ今さら彼らに理由を訊くのは不可能なので、ささやかな疑問はいったんおいて、清也は車掌業務に集中し直した。

「本日もしおさい急行電鉄をご利用くださいまして、ありがとうございます。

この列車は――」

最初の車内アナウンスを終えて、一つ目の駅に停車する。さして多くない乗降客とともに、自身も安全確認のためホームに立ったとき。

あれ？

またしても清也は同じ柄を発見した。数秒後、今度は震えた声が漏れる。

「まさか」

まさか、そんなことが。こんなことって。一体どうして。だけど――。

「ありがとうございます……‼」

行動の意味を理解できた先ほどの撮り鉄たちと、そして誰だかわからない、けれども同じ善意を示してくれた人に向けて、清也はそっとつぶやいた。

ぬくもりが、じんわりと胸の内側で広がっていく。

眼前に設置された非常停止ボタンのボックス。その側面に、小さなステッカーが貼ってあるのだった。三人の撮り鉄が掲げていたマフラーと同様の、鮮やかな虹色のステッカーが。

　虹色のサインは、以後もすべての停車駅に何らかの形で示されていた。ベンチの端にひっそりと置かれたタオルハンカチだったり、金網に結びつけられたレインボーカラーのリボンだったり。やがて清也は、駅だけでないことにも気がついた。車内巡回の際にわかったのだが、よく見かけるお客さんたちを中心に、沢山の人々が虹色の何かをときにさり気なく、ときに堂々と身に着けてくれているのだ。女性のカチューシャやバレッタ。高校生カップルがバッグにぶら下げた、お揃いのチャーム。外国人男性客が背負う七色のバックパック。

　ああ……。鼻の奥がツンと痛くなる。良かった。自分は車掌になれて良かった。シオキューの乗務員で良かった。電車が好きで良かった。この人たちを運ぶことができて、本当に良かった。

　込み上げるものを必死に堪える清也に、五、六歳くらいの男の子が無邪気に声をかけてきた。虹色のバレッタをした、若い母親が連れている子だ。

「シャショーさん、だいじょーぶ？」

足下の小さなスニーカーにも、虹色の紐。彼の隣では、わざわざそうしてくれたのであろうお母さんが優しく微笑んでいる。お母さんだけではない。虹色を身に着けたお客さんたちが皆、いつしか同じ表情で自分を見つめていた。本当は泣き虫の清也を、そのままの清也を、そっと包み込むような笑顔で。

もう限界だった。ぽとり、と滴が落ちた。何も言えないまま、深々と頭を下げた先で視界が滲む。

これじゃたしかに車掌失格だよな、と内心で苦笑してから、清也は泣き笑いの顔で男の子に答えた。

「ありがとう。大丈夫だよ。君が、みんなが、応援してくれたから」

九十分後。列車は無事、新宿に到着した。虹色のお客さんたちは最後まで何も語らず、こちらにそっと微笑みかけるだけで降りてゆく。そして。

最後の虹色が、清也の前に現れた。

「あの、お疲れ様でした」

「あっ！」

まず目に入ったのは、たすきがけにしたトレーナーバッグだった。《HANEDA》というネームの上、ベルトの付け根あたりに、やはり虹色の大きなリボンが結ばれている。清也が助けたトレーナーさんだ。

「今日で異動されちゃうって伺いました。僕のせいで、本当にすみません」

湿った声で美しい花束を差し出す彼に、同じように目も鼻も赤くした清也は、

「いえ、気にしないでください」と首を振ってみせた。心からそう言える。あなたのせいじゃない。自分たちは誰も、何も、間違っちゃいない。

「ネットの掲示板を見たら、みんな同じ気持ちだったんです。僕たち、最初からわかってました。信じてました。車掌さんがそんなことするわけないって」

言葉とともに、一見クールな彼がぽろりと涙をこぼす。綺麗だな、と場違い

な感想を抱きながら清也は頬を持ち上げた。笑顔で返す。胸を張って。堂々と。

「ありがとうございます。信じてくれて。僕がTだって気づいてくれて」

そう。清也はいわゆるLGBTのうちの、「T」＝トランスジェンダーに当たる。具体的に言えば、性自認は女性だが身体は男性という特徴の人間だ。だから、男性の同性愛者である「G」＝ゲイであるわけがない。

決して自分からは口にしないその個性を、「トレーナーも絶対に知っておくべきことですから」と語る彼――羽田輝と名乗った男性は、ホームで清也に抱き止められた時点で察してくれていたという。ホルモン療法で少しだけ膨らんだ胸や、清也の身体からほのかに香った、世界的に有名なトランスジェンダーモデルがイメージキャラクターを務める香水から。

他の常連客も同様で、羽田が覗いた至って穏やかなネット掲示板内には、《垂れ目で柔らかい物腰の車掌さん》はそうなのではないかといった、普段の口調や仕草から優しく推し量るような書き込みが、いくつもあったそうだ。
　小さく鼻をすすった羽田は、「それで――」と自分のスマートフォンを向けてきた。該当するスレッドらしきものが表示されている。
《でも垂れ目の車掌さん、こないだの騒ぎで異動させられちゃうらしい》
《完全な誤解じゃん！　あの人、男女関係なくみんなに優しい車掌さんだよ》
《少なくとも私たちは味方ですって、車掌さんを応援しませんか？》
《おｋ。最後の勤務日、なんとか調べてみる。今までのお礼しようぜ》
　ああ……。もう一度、いや、何度でも清也は想う。想える。この人たちの車掌で良かった。自分が自分で良かった。
　ソフトな雰囲気の清也を、人事部長をはじめとするＴとＧの違いもわからないような古い価値観の上司たちは、「男らしさがない」などと言って明らかに評価していなかった。けれども、お客さんたちこそが見ていてくれた。そうして、そっとエールをくれたのだ。虹色＝ＬＧＢＴの象徴とともに。

「皆さんの乗務員で良かったです。本当に、本当にありがとうございます！」

＊＊＊

一年後。平日の日中にもかかわらず、しおさい急行電鉄のなんでもない各駅停車が、なぜかやたらと混雑していた。

車内巡回する車掌に向けられる、沢山の笑顔。「良かったね！」「お帰りなさい！」と、この日は直接伝えられる歓迎の言葉。

「ありがとうございます。本日より復帰しました」

感無量の表情で答える彼女にすべての人から、駅から、祝福は届き続けた。

車窓の内外を彩る、美しい虹色とともに。

まだ見ぬキミへの贈り物

矢凪

「まもなく、二番線に各駅停車、野々木原（ののぎはら）行きが参ります……」

聞き慣れたアナウンスが流れ、ベンチに腰掛けていた室江蘭子（むろえらんこ）はゆっくりと立ち上がる。到着した電車は、平日の昼前だがそれなりに混んでいた。

助産師をしている蘭子は夜勤明けの気怠さを感じながら、自宅のある数駅先まで少しでも休もうと、空いていた優先席にサッと座る。五十歳を過ぎてから優先席への躊躇（ためら）いがなくなり、情けない気もしたが疲れには逆らえなかった。

発車してすぐ、心地良い揺れに身を委ねようとした時、突然、『急停止します』という自動アナウンスが流れて停車した。

隣の駅で人身事故が発生したため、運転再開まで時間がかかるらしい。車内のあちこちからため息が聞こえたが、特に急ぐ用のない蘭子は眠ろうと目を閉じかけ——今度はすぐ近くのドア脇に立っていた女性が急に膝を折ってその場にしゃがみ込んだので、反射的に腰を浮かせた。

（あら、妊婦さんだ。それも、お腹の大きさからして、もう妊娠後期の……）

職業柄、見て見ぬふりはできず、蘭子は女性の元に駆け寄る。

「大丈夫⁉　ほら、こっちに座って……」

そう声をかけながら顔を覗き込むと、血の気が引いた様子の女性は瞑っていた目をわずかに開き、「すみません」と弱々しく応えた。

「謝らなくていいの、そんな身体で無理しちゃダメよ。もしかして、貧血気味？」

「はい、立ちくらみが……」

女性の身体を支えて歩き出すと、先程まで蘭子の隣に座っていたスーツ姿の青年が慌てた様子で席を譲ってくれたので、女性と並んで座った。

「あなた、食事はきちんと取れてる？　私は亀町にある中渡産婦人科というところで助産師をしている者だけど」

「中渡産婦人科……さっきちょうど検診で行ってきたとこです……」

「まあ、奇遇ね。私は夜勤明けで帰宅するところなの」

そこで互いの顔をはっきりと見た蘭子と女性は同時に「あっ」と声を上げた。

「思い出した。あなた、院内見学の時に案内した千代田鈴花さんよね？」

「そうです……って、よくフルネームで覚えてますね？」

「ふふ、名前を覚えるのは得意でね。それはそうと、貧血なら、鉄剤を処方されて飲んでいるんじゃない？」

「はい。でも、お腹が空いたからですかね？　急にふらついてしまって」

座れたおかげか顔色は若干良くなったように見えるが、無理は禁物だ。

蘭子は鞄に入っていた個包装のチョコレート菓子を鈴花に差し出す。

「もし嫌いじゃなければだけど、良かったら空腹しのぎにこれ食べて」

「あ、ありがとうございま……ふわぁ……すっ、すみません」

不意に出た大あくびを慌てて手で押さえた鈴花は、肩をすくめた。

「いいのよ。妊娠後期は眠りが浅くなって寝不足になりがちだものね。運転が再開したら起こしてあげるから、少し眠ったらいいわ」

「はい……そうします」

そう答えた鈴花はよほど眠かったのか、チョコレート菓子を口に入れてからすぐに目を閉じると舟を漕ぎ始める。程なくして鈴花の頭が蘭子の肩に乗っかったが不思議と嫌な気はせず、むしろ微笑ましさと懐かしさを感じた。

そしてふと、今から二十四年前——自分が妊婦だった頃のことを思い出した。

＊＊＊

総合病院で看護師をしていた蘭子が産休に入り、臨月を迎えた頃のことだ。

検診帰りに乗った電車が緊急停止してしまい、車内で待ちぼうけを食らった時、偶然にも隣の席に座っていた妊婦と仲良くなった。

出産予定日が数日違いで、お腹の中の子の性別も同じ女の子、という共通点を見つけ、話は自然と盛り上がった。

「赤ちゃんの名前ってもう考えました？」

そう尋ねられた蘭子は、ぼんやりと候補を思い浮かべたものの首を横に振る。

「それがまだ……これから夫と相談しようかなって。あなたは？」

「私は……あ、私、上総花苗ってていうんですけど、自分の名前に『花』って入っていることもあって花が好きで……上の子の時、男の子だったから付けられなかった名前を、今度こそ付けたいんです」

「へえ、どんな名前ですか？」

「『鈴』に『花』って書いて、『鈴花』です。本当は私が一番好きな花の名前で『鈴蘭』ちゃんが良かったんですけど、旦那が変だって反対して……」

「え、鈴蘭ちゃんも可愛いじゃないですか。ちなみに私の名前、蘭子っていうんですけど、蘭の花って綺麗だし、割と気に入ってたり……」

「蘭子さん！　優美な感じがして、すごく素敵な名前ですね！」

「いやぁ、実際は図太い神経を持った男みたいな性格してるんですけど」

「全然そんな風には見えないですよ。あ、でも、胡蝶蘭って一度花が落ちても、手入れしてあげればまた茎が伸びて花を咲かせる、生命力の強い花なんですよ」

「そうなんですか？　知らなかった……」

看護師をしている蘭子としては、生命力が強いといわれると縁起が良いようにも思えて嬉しくなる。

「名前って、親から子への最初のプレゼントっていうじゃないですか。どんな名前を贈るか考えるのって、すごく楽しいですよね」

そう言ってからふと何かを思い出したのか、彼女の表情が曇る。

「どうかしました？」

「あ、いや……お腹の中の子のことを考えていると、幸せな気分になるんですけど、ちょっとだけ不安にもなってしまって……」

「不安？」

首を傾げた蘭子に、花苗は躊躇いがちに頷き返す。

「こんな話、初産の人を脅すみたいであれなんですけど……二ヶ月前、同級生が突然、出産時に亡くなってしまって……」

「えっ⁉　そんな……何があったんですか？」

「ご家族の話では、妊娠経過は順調だったのに、陣痛がきて病院へ行こうとした直後に突然倒れてそのままだったそうで。原因は分からなかったって……」

日本の妊産婦の死亡率は非常に低いことで世界的に有名ではあるが、それでもゼロではない。産後に大量出血して亡くなるケースなどもめずらしくないのだと、蘭子は看護実習で行った産婦人科の先輩に聞かされたことがあった。

「出産予定日が近づくにつれて、その同級生のことばかり頭に浮かんで、もし自分にも何かあったらって考えちゃって……昨夜（ゆうべ）、家族に遺書っていうか、手紙を書いたんです」

「手紙？」

「ええ。気を紛らわせたかっただけなんですけどね……。それに、結婚してからずっと書き溜めているレシピノートの後ろに挟んであるだけだから、本当に何かあっても見つけてもらえないかもですけど……」

　不安はもちろん蘭子にもある。看護師をしているからといって、怖いものがないわけではない。それは、陣痛の痛みに耐えられるのだろうかという不安。

「あの、花苗さんは一人目の時って……陣痛とかどんな感じに始まったんですか？　なんか私、数日前に一度、お腹が張るなぁって日があって……検診の時に聞いたら、前駆陣痛ですねって言われたんですけど」

「あー、確かに私も何度か前駆っぽい痛みありましたけど、上の子の本陣痛の時は、息ができなくなるくらい痛くて動けなくなったから、これだ！　ついにきたんだ！　って、分かりましたよ」

「そうなんですか……」

「ええ、でも、陣痛が来る前に破水したり、痛みがないまま、気がついたら産まれそうになってた、とかいう人も……知り合いに、いますし……っ」

　不意に眉をひそめ、お腹をさすり始めた花苗の様子に、緊張が走る。

「……どうしよう。話してるそばからこれ、もしかして……破水……？」

「えっ⁉」

蘭子が思わず出した大声に、周囲にいる人たちの視線が一斉に集まる。

「か、花苗さん、ま、まさかもう産まれそう、とかですか？」

「そうなのかな。なんか急にいきみたくなってきちゃった……どうしよう」

「ど、どうしようって、えっと……そうだ、車掌さんに連絡？」

突然のことに動揺したものの、蘭子はすぐさま我に返ると、ドア付近にある緊急用のボタンを押しに行こうと立ち上がろうとした。が、隣で涙目になっている花苗が蘭子の腕にしがみついていて身動きが取れない。

「む、むり……どうしよう、こんなとこで……産まれちゃうの……？」

半泣き状態でパニックに陥っている花苗の様子に、蘭子は覚悟を決める。

「わかった、わかったから、私に任せて！」

蘭子はそう言って周囲を見廻すと、何が起きたのか分かっていない乗客たちに説明し、少しでも多くの協力を仰ぐため、大声を出した。

産気づいている女性がいるので、誰か車掌に連絡して救急車を呼んでほしいこと、医療関係者がいたら手を貸してほしいことを落ち着いて説明した。

意外にも蘭子の話に呼応してくれた人は多く、そして見事な連携プレーのおかげで、それからわずか数分後――車内に弱々しくも産声が上がった。

しかし、歓声と拍手に包まれる中、花苗はどんどん血の気を失っていった。

「花苗さん、しっかり！　もうすぐ救急隊がくるから！」

出産という大仕事を終えて安心したのか、力尽きようとしている彼女の冷たい手を握り、蘭子は励まし続けた。程なくして到着した救急隊員に状況を説明していると、繋いでいた手が離れ、花苗とへその緒で繋がったままの赤子はストレッチャーに乗せられ、線路脇に止まっている救急車へと運ばれていった。

蘭子は彼女に付き添いたかったが、身内でもなく偶然居合わせただけでは救急車に同乗できず、二つの命が助かることをひたすら祈り続けたのだった。

＊＊＊

「――運転再開します」

聞こえてきた車内アナウンスに、蘭子は隣で眠っている女性の肩を優しく叩き、ふとその面影に懐かしさを覚えた。

「あら？　そういえば、花苗さんに少し似てる……？　まさか、ね……？」

つぶやきながら、そんな偶然あるわけない、と苦笑いした瞬間――。

「？　母のこと、ご存じなんですか？」

不思議そうな表情を浮かべて首を傾げられ、蘭子はそういえば――と、彼女の下の名前を思い出して、目を見開いた。

「鈴花さん……あなた、もしかして上総花苗さんの娘さんなの？」

「そ、そうですけど……えっと……？」

「まさか、信じられない！　あの時の赤ちゃんがこんなに立派なお嬢さんに成長しているなんて！　じゃあ、花苗さんはお元気？」

「え、えっと……母は……」

弱った笑みを浮かべた彼女にその後告げられたのは、花苗が出産後、そのまま帰らぬ人になったという、信じ難く悲しい現実だった。

しばしの沈黙の後、電車が自宅近くの駅に到着し、蘭子は後ろ髪を引かれる思いで立ち上がる。きっと勤め先の産婦人科でまた会うこともあるだろう……そう考えながら笑顔で別れようとした瞬間、不意に花苗の話が脳裏をよぎった。

「そういえば、花苗さんからのお手紙はちゃんと受け取った？」

「えっ？　手紙ってなんのことですか？」

「花苗さん、確かレシピノートの後ろに家族宛の手紙を挟んでおいたって、話していたけど……」

「!?　さ、探してみます！」

「ええ、是非そうしてちょうだい！　見つかることを祈ってるわ」

別れ際に交わしたそんな会話の結果が気になり、蘭子はそれからしばらく鈴花との再会を心待ちに過ごしたのだった。

＊＊＊

二週間後の昼下がり——蘭子は勤め先の産婦人科の個室を訪れていた。

ベッドの主は先日、電車内で遭遇した鈴花だ。二日前の夜、鈴花の分娩時に蘭子は担当助産師として立ち会った。そして産後の処置が落ち着いた頃、蘭子は鈴花から『母の書いた手紙を見つけた』と聞かされたのだったが……。

「幼い頃からずっと、母が私を産んだことで亡くなった、っていうのが後ろめたくて……兄にも一度『お前のせいでママが死んだ』って言われたことがあって苦しかったんです。でも、手紙を読んだら、母の想いが伝わってきて……」

鈴花の手には、もう何度読み返したか分からないという、綺麗な花柄の便せんが握られている。

ちらりと見えた少し丸みのある可愛い筆跡は、あの日会った花苗の柔らかい雰囲気をそのまま表しているようで、人柄の良さが窺えた。

その時、鈴花のそばに置かれたベビーベッドの中で、元気な泣き声が上がった。小さな手をギュッと握り締め、顔を真っ赤にしている娘を抱き上げ、慣れない手つきであやす新米ママの姿は微笑ましい。

我が子をその手に抱くことができなかった花苗のことを思うと、蘭子は胸が締め付けられた。けれど、花苗との出会いがきっかけで助産師になり、こうして何かの縁で花苗の娘に巡り会い、母から子への想いを届けられたことを、蘭子は心から嬉しく思うのだった――。

『まだ見ぬキミへ
まずは、私の子に産まれて来てくれてありがとう！　あなたは私にとって何よりの宝物です。この手紙を読んでいるあなたはいま何歳かしら？　分からないけれど、いつ読んでもいいように、全部言っておこうと思います。

お誕生日おめでとう！　入園、卒園、入学、卒業おめでとう！　就職、結婚、出産おめでとう！　あなたの人生の節目に立ち会えず、とても寂しい思いをさせてごめんね。お母さんも、成長していくあなたのこと、そばで見ていたかったな。

お父さんやお兄ちゃんとは仲良くしてる？　きっと大丈夫よね。お父さんは不器用だけど優しい人だし、お兄ちゃんは泣き虫だけど、あなたが生まれたら「だいじにする！　ぼくがまもる！」ってはりきっていたから。

最後に。お母さんは世界中の誰よりもあなたのことを愛してるし、応援してます。どうか一度きりの人生をめいっぱい楽しんでくださいね。　お母さんより』

揺られて揺れて遠出の先に

石田空

家に帰ったら、食事もそこそこにすぐに寝てしまう。

最近では休みの日を、どう過ごしたのか記憶がない。

たまにテレビを付けても、なんの話をしているのかまったく頭に入らない。

立ち寄ったコンビニでマガジンラックに置いてある雑誌を見ても、ちっともときめかない。

あれだけ好きだった神社の写真を見ても、全然心が躍らないことに気付いたとき、私はようやく「ああ、これはまずい」と悟った。


会社勤めをはじめて、早六年。

定時に帰れそうな日も、なにかと理由を付けて残業させられ、不満が破裂寸前までに蓄積していた。だからまずいと気付いた私は、そのまま電車に乗って旅行に出ることにしたのだ。

今朝、休暇の連絡をした後、スマホの電源は、怖いから落としてしまった。

休みの日でもスマホに電話がかかってきて会社に呼び出されることが多かったから、今日一日くらいは、誰からも命令されることなく自由に過ごしたかった。

ボックス席に座り鞄を膝の上に置いて、窓縁に日傘をかけると、外を流れていく景色を眺める。だんだん都会のビル群から離れ、牧歌的な農業地帯が広がってくる。

学生時代は、いつも私鉄に乗って、寺社巡りをしていた。

知らない土地に行って、新しいことを知るのが楽しくって、時間が経つのも忘れてあちこちを見て回っていた。

気が付いたらその気持ちは色褪せて、休みに寝てもちっとも取れない疲労を抱えて生きていた。会社の行き帰りは陽光やネオンを反射するビル群ばかり眺めていたから、いつも寺社巡りのときに目にしていた緑豊かな景色がほんの少しだけ懐かしい。

そんな具合にのんびりしながら、ボックス席の窓縁にもたれかかって外を眺めていたら、だんだん車内に乗客が増えてきた。

私の座るボックス席以外が次々と埋まっていく中、次の駅で家族連れが乗ってきたのが目に入った。

背負っているリュックや子供が首からかけているポシェットからして、どこかに遊びに行くんだろう。家族揃って日焼け対策だろうか、帽子をしっかりと被っている。

小さな男の子が車内を走り回り、それをお父さんとお母さんらしき人が首根っこを摑んで止めて、辺りを見回すと、こちらに目を留めた。

ほとんどの席が埋まってしまっている中、私の座っていたボックス席だけかろうじて席が残っているのを見つけたらしい。

「ああ、すみません。こちらの席、座っていいですか？」

こちらまでやってきたお父さんは申し訳なさそうな顔で、私に頭を下げる。

また駆け出そうとしている男の子をお母さんが捕まえ、「たいちゃん。そろそろ座ろうね」と諭している。

今日は誰にも気を遣わずに、ぼーっとしていたかったけれど。私はお父さんの問いに、短く答える。

「はい、よろしかったらどうぞ」

「ありがとうございます。ほら、大河（たいが）。お父さんと座ろう」

「やーだー。ぼくここがいいー」

その子が、ポンッと私の隣に座ると、その振動が隣の私にも伝わる。私はびっくりして、目を瞬かせると、その子はニコーっと笑いかけてきた。

「こらっ！　ああ、すみません。うちの子が」

「いえ、構いません」

「ありがとうございます。たいちゃん、お姉ちゃんの隣でお利口にしてようね」

「うんー」

大河と呼ばれた男の子は、私の隣で背もたれに寄りかかりながら、満足げに座っている。全然人見知りしない子だな。

今日一日は、誰とも関わりたくなかったんだけどな。

私はこの幸せ家族の邪魔にならないよう、寝たふりをして目を閉じ、再び窓にもたれかかった。これでこの家族とは関わらずに済むだろう。

ときおり隣で大河くんがバタバタと足を動かしているのにイラッとするものの、さすがにそこで声を荒らげては大人げないと寝たふりに徹する。

電車の振動が心地よくって、だんだん本当に眠くなってきた。私がそのまま電車に揺られてまどろんでいると。

「ねえ、この電車で本当に合ってる？　もしかして、乗り間違えた？」

お母さんのほうが心配そうにお父さんに声をかけているのが耳に入った。電車を乗り間違えた……ふたりの話をまどろみながら耳にする。

「うーん……ここの路線のはずなんだけれど。間違えたかな」

お父さんはそう困った声で言って、スマホを持って立ち上がったようだ。おそらく車内にある路線図を見に行ったのだろう。

この辺りは路線が入り組んでいる。

特にこの路線は、地下鉄なのに地上に出る部分があったり、五本ほど別の路線の電車が停まる駅があったりするため、乗り換えを間違える人も多く、間違えると全く別の方向に行ってしまうこともある。

私も何度も何度も確認してから乗ったからなあ。そう思って、また寝ようとしたところで、大河くんが声を上げた。

「ええー、ヒーローに会えないの？」

「待っててね、お父さん今確認に行ったから」

「ヒーロー……！」

またボスンボスンとジャンプするように隣の席で騒ぎはじめた。私はイラッとして、とうとう寝たふりを止めた。

「すみません。どちらに向かってるんですか？」

お母さんに声をかけると、それより早く大河くんのほうが答えた。

「遊園地ー」

「遊園地って、あそこの？」

地元密着型の遊園地の名前を挙げてみると、

「うんっ、ヒーローショーを見に行くの」

大河くんがポーズを取って元気に答える。

よくよく見れば、大河くんが首からかけているポシェットには、ヒーローの柄が入っている。

かなりローカルな遊園地のはずだけれど、ここの路線だったかな。私は一瞬迷った後、スマホの電源を入れて、路線図のサイトを開きお母さんに見せる。

すると、お母さんが「あっ」と声を上げた。

「あのう？」

「間違えたみたい……ここ！」

そう言って五本違う路線の通っている駅を見る。

どうも目的の駅のある路線と間違えてしまったらしい。この路線は各駅停車しか走っていないから、今から引き返してもヒーローショーなんて時間が決まっているものに間に合わせるのは難しいだろう。お母さんは申し訳なさそうに謝る。

「あー……ごめんなさい。わざわざ見てくださったのに」

「いえ……待ってください」

お母さんの諦めモードを見た大河くんは、私の隣で先程までにこにこしていたのが一転、目尻に涙をいっぱい溜めている。ああん、もう。泣くな。私が泣かせたみたいじゃないか。

私は黙ってサイトの検索を続ける。

せめて遊園地行きのバスがある場所で降りたら、間に合うかもしれない。

ときどき別のアプリになにか入っていくのが見えるけれど、それを無視して検索を続けていると、ちょうど三駅先に大きなバスのロータリーがあることがわかった。念のため、バスの行き先も検索してみる……遊園地行き、出てるじゃない。

「あの、あと三駅先に大きなバスのロータリーがあるんですが、そこからだったら遊園地行きのバスが出ていますよ」

私が路線図とバスの停留所をスマホを二窓にしてお母さんに見せると、さっきまで傷心してしょげていたお母さんの瞳がぱっと輝く。

「そ、そうですか……！　お父さん！」

ちょうど路線図を見に行っていたお父さんをお母さんが呼ぶと、お父さんは「どうした？」と聞いている。

「あのね、やっぱり電車、間違えていたみたい。でも、お姉さんが見てくれたんだけど、三駅先の駅。そこから、バスが出ているって！」

そう言って私のスマホを指さすと、お父さんも画面を凝視する。途端にお父さんは礼儀正しくこちらに頭を下げてくる。

「あ、すみません！　本当にわざわざ！」

「いえ」

「遊園地行きのバス、出ているって！　それで多分間に合う！」

「よかった！」

お母さんは歓声を上げていた。

大河くんは、両親の歓声を聞いてか、涙が引っ込んでいた。

「遊園地行ける？　ヒーローショー間に合う？」

「うん、たいちゃん行けるよ。お姉ちゃんに、ちゃんとお礼言いなさい」

「いえ、いいですよ」

本当に私は、ただの気まぐれで口を挟んでしまっただけで、大袈裟にお礼を言われるようなことはしていない。私はそう思って手を振って断っていたけれど、大河くんは先程見せていたニコーっという顔をしてみせた。

「うん！　お姉ちゃんありがとう！」

大河くんがにこにことはしゃいでヒーローポーズを取った。

その隣で、お父さんとお母さんは、こちらが申し訳なくなるくらいに、頭を下げている。

「本当に、わざわざ調べてくださってありがとうございます！」

「い、いえ……たまたま耳に入っただけでしたので」

「でも！　私たちはこの辺り初めてでしたから。本当に助かりました、ありがとうございます」

こう何度も何度も頭を下げられると、こちらもむず痒くなってくる。

褒められるようなことも、お礼を言われるようなこともした覚えはない。それどころか、最初はこの家族のことを面倒だと思っていたんだ。

だんだんと目的の駅が近付いてくる。お母さんは大河くんの頭を撫でる。

【次は――……次は――……】

次の駅を知らせるアナウンスが響いた。

「もうすぐ着くよー」

「やったー！　ヒーローショー！」

「こら、ジャンプしない」

私の隣で万歳しながら飛ぶ大河くんの隣で、私のお尻が振動で震える。この子、最初っから最後までずっと隣でジャンプしてたな。

お母さんは申し訳なさそうな顔で「どうもすみません」と言うけれど、私は「いえ、大丈夫ですよ」と答える。大河くんが喜んでいるなら仕方ない。

ふと大河くんは私のほうに振り返り、首からかけていたヒーロー柄のポシェットから、なにかを取り出した。きらきら光ったそれは、縁日の屋台でよく見かける、空の模様の描かれたスーパーボールだった。

「お姉ちゃんありがとう！」

「え……うん」

私が頷いてスーパーボールを受けとったところで、電車が緩やかにブレーキをかけて停まった。

【……――お降りの際は、足元にお気を付けください。遊園地行きのバス停は東側、市役所へは西側の出口をご利用ください――……】

車内アナウンスが響き、お父さんとお母さんに抱えられて、大河くんは手を振って電車を降りていく。

「本当にお世話になりました。ありがとうございます」

お母さんに丁寧にお礼を言われて、私も頭を下げる。

「ヒーローショー、楽しんできてください」

「お姉ちゃんバイバイ」

「バイバイ」

小さい手を振ってくれたので、私も振り返した。

扉が閉まり、電車はゆっくりと進みはじめる。

思えば私、最後にここまでお礼を言われたのは、いつだっただろう。

あれだけお礼を言われたことも久し振りなら、お礼ということでスーパーボールとはいえど礼品をもらったことも久し振りだった。我ながら相当心が弱っていたみたいで、たったそれだけのことで涙が出てきてしまった。

先ほどから無視していたスマホのアプリの通知がまたも点滅している。

私はようやく意を決して、アプリのメッセージを覗き込んだ。

人の休みを無視したような、呼び出しのメッセージが、これでもかとびっしり書かれている。

ずっと胸につっかえてもやもやしていたものが、ようやく晴れたような気がした。

会社、辞めよう。心の底から、そう思った。

このまま行ったら、私の心がまた荒んでしまうから。

普通の仲のいい家族に怒ったり、イラついたりしてしまうなんて馬鹿みたい。

他人にイライラしたり、誰とも関わりたくないなんて思う人間ではなくて、もっとありがとうと言われるような人間でいたい。でも、今のままじゃ、きっと本当に駄目な人間になる。

今日のできごとは些細なことだったけれど、私の中でやっと決心が固まったんだ。

私はもらったスーパーボールを、窓の外の光に照らした。スーパーボールは、私のことを肯定するかのように、キラリと光った。

この物語はフィクションです。
実在の人物、団体等とは一切関係がありません。
本作は、書き下ろしです。

PROFILE 著者プロフィール

ばあちゃんのゲームソフト
浅海ユウ

山口県出身。関西在住。著書に『神様の御朱印帳』『お悩み相談室の社内事件簿』『骨董屋猫亀堂・にゃんこ店長の不思議帳』『京都あやかし料亭のまかない御飯』『ラストレター』『空ガール』他がある。

揺られて揺られて遠出の先に
石田空

『サヨナラ坂の美容院』（マイナビ出版ファン文庫）で紙書籍デビュー。著作は『神様のごちそう』（同上）、『縁切り神社のふしぎなご縁』（一迅社メゾン文庫）、『吸血鬼さんの献血バッグ』（新紀元社ポルタ文庫）。

仮面屋廻向録
小野崎まち

二十世紀生まれ。関東北部在住。著書に『サムウェア・ノットヒア』『僕はまだ、君の名前を呼んでいない』（マイナビ出版ファン文庫）『世界の終わりと嘘つき少女』（ポプラ社）がある。

雨と電車と少年と
楠谷佑

富山県富山市生まれ。高校在学中の２０１６年、『無気力探偵～面倒な事件、お断り～』でデビュー。２０１８年、『家政夫くんは名探偵！』を刊行し、シリーズ化（ともにマイナビ出版刊）。

貫通扉の向こう側
国沢裕

5月24日生。神戸在住。日本心理学会認定心理士。拳法有段者。懸賞マニア。著書に『魔女ラーラと私とハーブティー』『迷宮のキャンバス』（ともにマイナビ出版ファン文庫）などがある。

光へとつづく
杉背よい

著書に『あやかしだらけの託児所で働くことになりました』（マイナビ出版ファン文庫）、『まじかるホロスコープ☆こちら天文部キューピッド係！』(KADOKAWA)など。石上加奈子名義で脚本家としても活動中。

その時、その場所で
那識あきら

大阪生まれ奈良育ち兵庫在住。子供の頃の愛読書は翻訳ミステリや冒険もの。ヴェルヌとドイルに出会わなければ現在の自分はなかったと思っている。著書に『リケジョの法則』（マイナビ出版ファン文庫）などがある。

空のメモ
浜野稚子

17年『レストラン・タブリエの幸せマリアージュ』（マイナビ出版ファン文庫）でデビュー。関西在住。うっかり出てくる独り言をなんとかしたい年頃。推敲作業が好き過ぎて文章の完成に時間がかかるのが目下の悩み。

虹色電鉄
迎ラミン

『白黒パレード～ようこそ、テーマパークの裏側へ！～』（マイナビ出版ファン文庫）で「第3回お仕事小説コン」優秀賞を受賞し2018年にデビュー。物語を書くのも読むのも好き。

今度の休み、どこへ行こうか
猫屋ちゃき

乙女系小説とライト文芸を中心に活動中。2017年4月に書籍化デビュー。著書に『こんこん、いなり不動産』シリーズ（マイナビ出版ファン文庫）『扉の向こうはあやかし飯屋』（アルファポリス）などがある。

待ち続けた電車
溝口智子

星新一のショートショートを読んで育つ。小学校5年生まで、工場には人が居ず、フルオートメーションが当たり前だと思っていた。マイナビ出版ファン文庫に著作あり。お酒を愛す福岡県在住。ちゃぶ台前に正座して執筆中。

まだ見ぬキミへの贈り物
矢凪

千葉県出身。ナスをこよなく愛すフリーライター。『茄子神様とおいしいレシピ』が「第3回お仕事小説コン」で優秀賞を受賞し書籍化。柳雪花名義の著書に『幼獣マメシバ』『犬のおまわりさん』（竹書房刊）がある。

電車であった泣ける話
～あの日、あの車両で～

2020年6月30日　初版第1刷発行

著　者	浅海ユウ／石田空／小野崎まち／楠谷佑／国沢裕／杉背よい／那識あきら／猫屋ちゃき／浜野稚子／溝口智子／迎ラミン／矢凪
発行者	滝口直樹
編集	ファン文庫Tears編集部、株式会社イマーゴ
発行所	株式会社マイナビ出版
	〒101-0003　東京都千代田区一ツ橋二丁目6番3号 一ツ橋ビル　2F TEL　0480-38-6872（注文専用ダイヤル） TEL　03-3556-2731（販売部） TEL　03-3556-2735（編集部） URL　https://book.mynavi.jp/
イラスト	丸紅茜
装　幀	小松美紀子＋ベイブリッジ・スタジオ
フォーマット	ベイブリッジ・スタジオ
DTP	田辺一美（マイナビ出版）
印刷・製本	中央精版印刷株式会社

●定価はカバーに記載してあります。●乱丁・落丁についてのお問い合わせは、
注文専用ダイヤル（0480-38-6872）、電子メール（sas@mynavi.jp）までお願いいたします。
 ISBN978-4-8399-7332-2
Printed in Japan